㈱魔法製作所

魔法使いの失われた週末

シャンナ・スウェンドソン
今泉敦子訳

創元推理文庫

OWEN PALMER'S LOST WEEKEND
OF POISON, POTIONS, AND PIZZA
AND OTHER STORIES

by

Shanna Swendson

目次

魔法使いの失われた週末

スペリング・テスト

Spelling Test

これはロッドとオーウェンが学生のときのエピソードです。〈㈱魔法製作所〉シリーズ一作目の時代設定は、作品が出版された二〇〇五年。以降、シリーズはその時間軸に基づいて展開します。そのため、ここでは友人を探す際、だれも携帯電話を使いません。当時、ほとんどの人は携帯電話をもっていませんでした。

一九九三年、イェール大学

ゲストスピーカーの話に集中すべきなのはわかっている。株式会社マジック・スペル&イリュージョン《魔法・呪文&めくらまし》は、ロッド・グワルトニーが卒業後に就職したいと考えている会社だ。その最高経営責任者《CEO》の話を直接聞けるせっかくの機会を無駄にすべきではない。でも、彼の注意はつい、ダイニングホールの前の方に座っている四年生のグループへ行ってしまう。彼らが杖と玉《ワンド&オーブ》のメンバー、通称ワンディーたちであるのはほぼ間違いない。ワンド&オーブは、イェール大学の魔法使い専用のレジデンシャルカレッジ（学生たちが入学時に振り分けられ、四年間、共同生活を送る学生寮）内に存在する秘密結社だ。いまそこに座っているのは十五人。噂されるメンバーの数と一致する。それに、マジック《M》・

スペル《S》&イリュージョン《I》のＣＥＯ、アイヴァー・ラムジーのような人が、在学中、メンバーでなかったはずはない。彼らはまもなく新規メンバーの候補を選ぶ。ロッドはなんとしても候補者リストに載るつもりだ。

　聴衆がどっと沸いて、ロッドはゲストスピーカーの方に意識を戻した。しまった、何を聞き逃した？　隣に座っているオーウェン・パーマーのノートをさりげなくのぞく。オーウェンは超のつくメモ魔だが、どうやらいまのジョークは彼にとって書きとめるほどのものではなかったようだ。彼の注意はいま、横にある教科書の方に向いている。講演を聞いてメモを取りつつ教科書を読んでそのメモも取るという器用なことをやっているが、スピーチの方にはそれほど興味を引かれていないらしい。講演用のページはほぼ白いままだ。

　ロッドのもう一方の隣にはクラスメイトのナットことナターシャ・ベルキンがいて、オーウェンと同じことをしているが、彼女はそのうえさらに、小さな体を奇妙な形にねじっている。講演を聴きながらストレッチをすることで、体操部の練習に出られない分を補おうとしているらしい。ロッドの視線に気づくと、ナットは中途半端な笑みを浮かべて、ノートに視線を戻した。ノートはあとで彼女に見せてもらおう。ロッドはひそかに思った。オーウェンより頼みやすそうだ。勘違いでなければ、彼女はたぶんこちらに気がある。

ゲストスピーカーの話が終わり、聴衆はいっせいに拍手をした。続いて質疑応答が始まったが、ロッドはワンディーとラムジーに一目置かれるような気の利いた質問を考えるのに必死でほとんど聞いていなかった。ようやくひとつ思いついたのは、ラムジーが最後の質問に答え終えたときだった。担当の教授が講演の終了を宣言し、ロッドはため息をつく。こんな調子ではいつまでたっても秘密結社には入れない。彼らはロッドが存在していることすら知らないのだから。

ラムジーがワンディーたちに囲まれて、ダイニングホールの通路をやってくる。ロッドは顔をあげ、なんとか彼らと目を合わせようとした。同時に、誘惑の魔術の強度を少しあげてみる。ロッドのテーブルに近づくにつれラムジーの歩くスピードが遅くなった。期待が膨らむ。さっき考えた質問をより私的な雰囲気のなかですることができるかもしれない。それも、ワンディーたちの目の前で。

しかし、ラムジーの視線はロッドを通り越してオーウェンに止まった。当の本人は教科書をしまうのに忙しく、気づいてすらいないが——。「オーウェン・パーマーだね？」ラムジーは言った。「よく来てくれたね。イェールでの生活はどうだい？」

オーウェンは顔をあげ、眼鏡の奥で瞬《まばた》きすると、ぱっとうつむいた。「問題ないです」もごもごと言う。

「それならよかった。がんばりなさい」

ロッドは何か言おうと口を開いたが、ラムジーとその取り巻きはすでに歩きはじめていた。ロッドは横に友達がいるのも忘れて、急いであとをついていく。彼らはこれから内輪の会合を開くに違いない。ワンディーたちにとっては、魔法界で最も力のある人物のひとりと話ができる特別な機会だ。彼らの本部がある場所は秘密にされていて、魔法使いの学生たちも知らない。ロッドは入学以来ずっと探しているが、いまだに見当すらついていない。これはまたとないチャンスだ。

見失わない程度に距離を取りつつ、彼らのあとについてダイニングホールを出る。一行は中庭を突っ切っていく。ロッドは目立たないよう建物に沿って歩き、彼らを追って門を出た。

レジデンシャルカレッジの門を出たとたん、彼らを見失った。まるで門をくぐる途中で虚空に消えたかのようだ。ということは、彼らの本部はおそらく林《グローヴ》にあるのだろう。グローヴは、魔法使いの学生たちが一般の学生に気づかれるリスクのある魔法を練習をするときに行く遠隔地だ。そこへ行くためのポータルはこの門のどこかにある。ポータルを開けることができるのは教授だけだと思っていたが、どうやら学生のなかにも開けられる人がいるようだ。ポータルがまだ開いたままであることを期待して、門に両手を押し当ててみたが、石の硬さを感じただけだった。

「何してるの?」

そう訊かれて、自分がいま、かなり間抜けな格好をしていることに気づく。これではとてもエリート三年生として新規のメンバー候補に選ばれるのは無理だろう。幸い、声の主はオーウェンだった。「彼らはここで消えた」ロッドは言った。「たぶんグローヴへ行ったんだ」

「消えたって、だれが?」オーウェンは訊く。

「ワンディーたちとラムジーだよ。彼らの本部を突き止めようと思ったんだけど」

「なんのために?」

「彼らの目につく場所をうろつくためさ。本部がグローヴなら、この場所はねらい目だな」

「どうしてそれほど彼らに気に入られたいのかわからないよ。お高くとまったいやな連中じゃないか。いま口もきいてくれないような人たちと、この先、毎日何時間もいっしょにいようとするなんて信じられないよ」

「おまえは二年後、入りたくないの？」

「入ったら、毎日ミーティングなんだろう？」オーウェンは身震いする。

「うちの親はおまえの両親みたいにコネクションがないから、自分でつくるしかないんだよ。将来のことを考えたら」

「養父母だよ」オーウェンは訂正する。「それに、二年後はぼくはもう被扶養年齢じゃなくなっているから、ほかに考えなくちゃならないことがたくさんある」

「ああ、そうだった。おまえがまだ子どもだってこと忘れてたよ。何年飛び級したんだっけ」

「二年だけだよ。でも、被扶養者のうちにできるだけ単位を取っておきたい」

「彼らは学業の途中で見放すようなことはしないよ」

「さあ、どうかな。とにかく、備えはしておかないと。貯金はだいぶたまったから、最後の二年は自力でなんとかなるかもしれない。ああ、それで思い出した。やらなきゃいけない仕事があるんだ。じゃあね」オーウェンは一年生の翼棟の方へ走っていく。ロッドはため息をついた。ポータルはもう完全に閉じてしまっただろう。

次の日の午後、ロッドは中庭へ行くと、魔法の練習をしているふりをしつつ、噴水の中央にある古《いにしえ》の大魔法使いの像にさまざまなめくらまし《イリュージョン》をかけて、ワンディーのだれかが通りかかるのを待った。得意技を見せて感心させようというもくろみだが、いまのところワンディーはひとりも来ていない。

門の方から足音が聞こえた。ロッドはめくらまし《イリュージョン》の設定を変え、像がその人に向かって歩いていってあいさつするようにした。だれが来たのかを確かめてからやってはクールではないので、足音が近づいてくるたびに魔術をかける。あては外れ続け、いい加減疲れてきた。

「どういう了見で老人をそんなに歩かせてるの？　気の毒に」だれかが言った。振り向くと、体操部のジャージを着たナット・ベルキンが教科書の入った重そうな鞄を肩からさげて立っていた。

ロッドはめくらまし《イリュージョン》を消し、肩をすくめる。「練習だよ」

「あるいは、だれかにいいところを見せようとしてるとか?」ナットはにやりとした。「当ててみようか。相手は女の子か、もしくはワンディーね」

ロッドは顔が赤くなるのを感じたが、常にまとっている自分をハンサムに見せるめくらまし《イリュージョン》のおかげで、それが相手に見えることはない。「違うよ。新しいトリックを考えてるんだけど、部屋で練習するとルームメイトがいやがるんだ」それは本当だ。

ナットはやれやれと言いたげに頭を振る。「ま、どっちでもいいけど。でも、魔術自体は悪くなかったわ。めくらまし《イリュージョン》を歩かせてる間、本物の像を見えなくしておくのを忘れなかったのはナイスね。かなりリアルだった」

「ありがとう。二種類の魔術を同時に操ることになるからちょっと難しいんだけど、効果を考えるとやる価値はある」

「たしかにね。夕食は食べる予定?」

さんざん魔法を使ったので疲れたし、腹も減ってきた。「うん」

「じゃあ、行きましょう。二時間みっちり宙返りをやって、お腹ぺこぺこなの。馬一頭食べられるくらいよ。ちなみに馬肉は高タンパク低カロリーだから食べても問題ないわ」

ロッドはナップサックを拾いあげ、ナットといっしょにダイニングホールへ向かった。彼女といっしょにいるのを見られるのは悪いことではない。クラスでトップの成績を維持しながら体操部の活動と魔法の勉強を両立させている彼女は、ワンディーたちが次期メンバーの候補にしてもおかしくない人材だ。魔法使いの学生には代表選手があまりいないなかで、彼女は全国でもトップレベルの体操選手だ。

トレイに料理を取り、席に着くと、まもなくオーウェンがやってきて横に座った。約束したわけではない。彼には絶妙のタイミングで現れる不思議な才能があるのだ。心ここにあらずという顔をしているが、特に珍しいことではない。ただ、いつも以上にそう見える。「何かあった？」ロッドは訊いた。

「何もないよ」オーウェンはそう言いながら、ナップサックからノートを出すと、猛烈な勢いで何やら書きはじめた。「ちょっと思いついたことがあって、忘れる前に書きとめておきたいだけ」ロッドとナットは視線を交わす。ナットはにっこりほほえむと、頭を撫でたい衝動をなんとか堪《こら》えているような顔でオーウェンを見た。

オーウェンはメモを取り終えると、ほっとしたように息を吐く。「これでよし」そう言ってノートを脇によけてトレイを引き寄せ、フォークをもって食べはじめた。

「授業で必要なの?」ナットが訊いた。

オーウェンは顔をあげる。「え?」

「その思いついたこと」

「ああ、もともとは授業のために考えたものなんだけど、新しい使い道を思いついたんだ。もう少し調整したら売りものになると思う」

「その調子でいったら、卒業するころには商品化された魔術が何十個もできてるんじゃないか?」ロッドは言った。

「もっといきたいな」そう言うと、オーウェンはナットの方を向く。「もうすぐ全国大会なんだよね」

「来月ね。でも、まだだれが代表になるか決まってないの。とりあえず、自分が行くつもりで練習してるけど」

「幸運を祈るのは縁起が悪いんだっけ。それとも、それは演劇の世界だけのこと?」

「わたしたちは魔法使いよ。運をあてにはしないわ」ナットはにやりとする。

ロッドは背の高い金髪の四年生がこちらにやってくるのに気づいた。デクスター・パーカーだ。ロッドはワンド&オーブのリーダーは彼だと踏んでいる。常にグループの中心にいるし、皆、彼の言うことに従う。デックスがそばを通るときに何か言ったりしたりできることはないか必死に考えたが、ダイニングホールでできることは限られているし、下手をしたらかえって悲惨な結果になる。ここはシンプルに笑顔でうなずくだけにとどめておくのがいいだろう。どうせ、こっちを見ることもなく通り過ぎるのがオチだ。

驚いたことに、デックスは歩く速度を落としてロッドたちのテーブルの方へやってきた。よし、落ち着け――ロッドは自分に言い聞かせる。デックスはロッドのことはちらりとも見ず、オーウェンに話しかけた。「やあ、きみ、魔術の受託開発をやってるんだって?」

「ときどきね」オーウェンは言った。

「ちょっと頼みたいものがあるんだけど、人のいないところで話したい。あとで部屋に行っていいかな」

「ええと、うん。夜には戻っていると思う。部屋は――」

「きみの部屋は知ってるよ」デックスは笑いながらさえぎった。「じゃあ、あとで」

そう言うと、ロッドとナットには一瞥もくれずに歩き去った。

「ほんとかよ……」デックスがいなくなると、ロッドは言った。「おまえ、彼がだれだか知ってんの？」

「四年生のだれか」オーウェンは肩をすくめる。

「デクスター・パーカーだよ。彼がワンディーのリーダーなのは間違いない」

「ぼくは一年生だよ。彼らのメンバー候補にはならない」オーウェンはノートに手を伸ばし、あらたに何か書き加えた。

「そうだけど、いま彼らがおまえに目をとめたということは、すでに道は開かれたってことだよ。おまえが三年生になったとき、彼はOBだ。メンバーの選出にOBは影響力をもつからな」

「別にどうでもいいよ。学業と魔法関連の仕事を両立するのでもう十分大変なんだ。大学内の魔法コミュニティー自体がひとつの秘密結社みたいなものなのに、そのなかでさらに秘密結社に所属するなんてごめんだよ」

「そうよ」教科書を読みながら食べていたナットが言った。「そんなことにかまけている時間なんてないわ。特に好きでもない人たちの仲間になるために、わざわざくだらない新人いじめやら儀式やらに耐えようとするなんて理解できない」

「そのおかげで手に入るコネクションがあるんだ」ロッドは反論する。「きみには学業の成績と体操があるし、オーウェンは天才なうえに両親の人脈がある。おれは自分でコネクションをつくるしかない」

「養父母だよ」オーウェンは困ったように訂正した。

「え？」ナットが聞き返す。

「ぼくの養父母には人脈がある」

「評議会《カウンシル》レベルの人脈がね」ロッドは言った。

「でも、卒業時には彼らのぼくに対する養育義務は終了しているから――」オーウェンは続ける。「そうなれば人脈もなくなるよ」

「それでも、天才であることに変わりはない。それに、開発した認可魔術がたくさんある。MSIへの就職は確実だな。ていうか、もうすでに声がかかってるんじゃないの？」赤くなったところを見ると図星らしい。「とにかく、おまえがどうでもよくても、おれには大事なんだ。タイミングを見て、おれのこと売り込んでおいてよ。そうだ、その受託開発、協力しようか。めくらまし《イリュージョン》を使うなら、おれに任せて」

「どういう依頼なのかわからないし、受けるかどうかもわからないよ。彼らがほしがるものだから、まともな魔術じゃない気がする」

オーウェンがなんと言おうと、このチャンスを逃すつもりはない。夜、ロッドはオーウェンの部屋へ行った。デックスとばったり会えたら儲けものだ。「調子はどう？」ドアを開けたオーウェンにそう言いながら、部屋に入っていく。

「夕食のときから大して変わってないよ。何か用？」

机に戻るオーウェンを横目に、ロッドはベッドに腰かけた。「デックスが何をほしがってるのかちょっと気になってさ。彼、もう来た？」

「うん。でも、ぼく向きじゃないと思う。いたずら用の魔術がほしいんだって」

「たぶん新規入会者のイニシエーションに使うんだな。おまえ、何かつくれるだろう？　昔、遊びでつくったじゃないか」

「彼が考えてるようないたずらには共感できないよ」

「あくまでジョークでやるんだよ。相手はみんな、自ら望んで参加する人たちなんだから」

「そうかな。ぼくにはけっこう悪質に思えたけど」

ロッドはベッドの上に広げてあったノートを手に取る。「これ何？」書かれているメモとフローチャートを見た感じでは、ひとつの魔術を解くと別の魔術が発動するマトリョーシカ形式の魔術で、古典的なカエルの呪いがベースになっているようだ。キスで呪いを解くとあらたな魔術が作動して、カエルだった人が呪いを解いた人に夢中になり、それは執着が別の対象に移るまで、あるいは一定の時間が過ぎるまで続く。ノートには、人をカエルにする最初の部分以外のすべての工程が書いてあった。

「魔術の連鎖をつくる仕組みの考察だよ。まだ理論の段階だけどね。とりあえず最初に思いついた魔術にあてはめてみたんだけど、もう少し改良したら、別のものに組み込んでみるつもりなんだ」

ロッドはこれこそまさにデックスが求めている類《たぐ》いの魔術のような気がした。これをもっていけば、デックスは大喜びするに違いない。そうなれば、ロッドは一躍ヒーローだ。もちろん、交渉して謝礼はたっぷりもらい、すべてオーウェンに渡す。ロッドはメモを熟読し、記憶の魔術の助けを借りて頭にたたき込むと、ノートをぽんとベッドに放って立ちあがった。「もう行くよ。おれも勉強しなきゃ」

　オーウェンの部屋を出ると、ロッドは大急ぎで自室に戻り、暗記した魔術をすべて書きとめた。人を実際にカエルに変えることは今世紀のはじめに禁止になった。そこで、ロッドの得意とするめくらまし《イリュージョン》の出番だ。ロッドは魔術のその部分をカエルに見えるめくらまし《イリュージョン》に変更して書き加えた。魔術をかけられた人は周囲からカエルに見えるだけでなく、自分のことをカエルだと思い込む。そこから先はオーウェンの考案した魔術のとおりで、カエルの呪いを解くと、解いた人への奇妙な行動が誘発される。これは絶対にウケる。

　この魔術がイニシエーションに使われるのだとすると、ひとつ都合の悪いことがある。もしグループに入れた場合、ロッド自身もその対象になることだ。まあ、たとえそうなっても大したことではないし、どう対応すればいいかはわかっている。それに、もしかしたら魔術の提供者本人は対象から外すかもしれない。ロッドは内容をもう一度確認すると、清書をし、その紙を筒状に細く丸めて、デックスを探しに部屋を出た。

　今夜は伝統的に秘密結社が会合を開くと言われる日ではないので、行くべき場所はおそらく社交室だろう。四年生たち――とりわけイケてる四年生たち――はたいてい社交室にいる。彼ら専用と決まっているわけではないが、それ以外の人が歓迎されないことは皆知っている。たとえ知らなくても、部屋に入るなりそう感じるだろう。ロッドには正当な理由があるが、それでも敷居をまたぐのにはかなりの勇気がいった。誘惑の魔術の強度をあげ、こちらに向けられる冷たい好奇の視線を無視して、部屋を突っ切っていく。

暖炉のそばの特等席の大きくて座り心地のいい椅子に座るデックスとその仲間たちのところへ行くのは、部屋に足を踏み入れたとき以上に恐ろしかった。その集団のすべての目が――まったく友好的ではないまなざしが――近づいていく自分にいっせいに向けられたときは、心が折れかけた。それでも、勇気を振り絞り、意を決して言った。「オーウェン・パーマーから預かってきたものがある」

デックスの態度が瞬時に変わった。それがまわりにも伝播する。「へえ」デックスは身を乗り出す。

「ふたりでちょっとつくってみた」ロッドはそう言って、丸めた紙を見せた。

「どれ、見てみよう」デックスは手を伸ばす。

ロッドは急に強気になり、紙をもつ手を後ろに引いた。「その前に、まずは金額の交渉だ」

「見なきゃどの程度の価値があるかわからないだろう？」

「ああ、でも、読むだけ読んで気に入らないと言って、あとで使うという可能性もないとは言えないよね」

「それは光栄に思うべきなのか、侮辱と取るべきなのか、迷うところだな」デックスはにやりとした。どう解釈すべきかよくわからない笑みに、ロッドはまた不安になる。「きみはぼくが一度目を通しただけで、それがどういう魔術でどう機能するかを理解して、実際に使うことができると思ってくれているみたいだけど、もしそのとおりだとすると、ぼくは天才魔法使いってことになる」

オーウェンならそれができるということと、ロッド自身、読んだだけで暗記したということは、言わないでおくことにした。

デックスの笑みが明らかに非友好的なものに変わる。「同時に、ぼくがただできみたちの作品を盗むような卑怯《ひきょう》な人間だとほのめかしていることにもなるね。時代が違えば、決闘になっていたところだ」

「おれは友人の代理で来てるんだ。彼の仕事に見合う額を確保する責任がある」ロッドは言った。「きみにも弁護士はいるだろう?」デックスの家は間違いなくお抱え弁護士を雇う類いの人たちだ。「契約書を読まずにサインはしないはずだ。少なくとも、弁護士には読んでもらうよね。おれのことはオーウェンの弁護士だと思ってくればいいよ。もしくは、エージェントでもいい」

「まあ、きみは友達への責任があるし、ぼくを天才だと思ってくれているようだから、今回は聞き流すことにしよう」デックスが予想以上の額を提示したので、ロッドは危うく顔がほころびそうになった。学費が必要なオーウェンにとってはかなりの足しになるはずだ。彼にどうやって受け取らせるかが問題だが、前もって許可を得るよりあとから許しを請う方が楽だろう。

「う~ん」ロッドはいまひとつという顔をしてみせる。最初のオファーで手を打つのは賢いやり方ではない。「これは普通の魔術とは違う。マトリョーシカのように複数の層から成っていて、魔術が解けたと思ったら、また別の魔術にかかるようになってるんだ」

「いまのは魔術を見ていない時点でのオファーだ」デックスは言った。「実際に見てみて、もっと価値があると思えば金額はあがるかもしれない」

「わかった。もっと価値があると判断した場合は額があがるという条件つきで、いまのオファーを受け入れる。言っとくけど、価値があるのは間違いないよ」ロッドは紙を渡す。

デックスは巻かれた紙を開くと、コーヒーテーブルの上に広げた。彼の仲間たちも身を乗り出して読みはじめる。ロッドは手が震えないよう拳《こぶし》を握り、彼らの反応を観察した。

デックスの顔にゆっくりと笑みが広がり、やがてくすくす笑い出した。その響きにはどこか悪意のようなものが感じられた。一瞬、ロッドのなかに迷いが生じる。魔術自体は特に危険なものではないが、標的にされた人にとっては決して気持ちのいい体験にはならないだろう。これは本当にお遊びでやるいたずらなのだろうか。それとも、何か別の意図があるのか――。

デックスは魔術を読み終えると、声をあげて笑いながら椅子の背にもたれた。

「これはいい」そう言って、最初の数字から大幅にアップした金額を提示した。「これでどうかな」

ロッドは内心、やったと叫んだが、あえて考えるようなふりをする。「そうだな、いいだろう」

「あとで現金で払う。信用してくれていいよ。でも、一応――」デックスは足もとのナップサックからノートとペンを取り出すと、借用書を書き、ページを破ってロッドに差し出した。ロッドがそれをポケットに入れると、デックスは魔術に目を戻す。「これ、実に面白いよ。きみはもうやってみたの？」

「いや、まだ。その、つまり、全部通してはやっていない。でも、それぞれの魔術はちゃんと機能したよ」いまのはやや事実を誇張している。機能するのがわかっているのはめくらまし《イリュージョン》のところだけだが、ほかの部分も機能すると確信している。そうでなければ、オーウェンは書きとめておかないだろう。これらはすべてオーウェンがこれまで調べた既存の魔術をベースにしているはず。

「ふうん」デックスは身を乗り出して魔術を読んでいる。ビリッという魔力の刺激を感じて、デックスがただ読んでいるだけではないことに気づいた。彼は魔術を実行していた。そう思ったときにはもう遅く、ロッドに身を守るすべはなかった。魔術にかかっていくのがわかり、逃げようとしてももはや体は言うことを聞かなくなっていた。

まもなく、まったく別の理由で逃げたくなった。ここはカエルのいる場所ではない。外へ行きたい。水のそばへ。

ゲロゲロ！　ロッドは抗議の声をあげた。


フレンチフライに手を伸ばすと、指が空の皿に触れた。オーウェンは教科書から顔をあげ、いつのまにか夕食を食べ終えていたことに気がついた。肩をすくめ、トレイを脇に押しやって、また教科書を読みはじめる。ロッドはまだ夕食に来ていない。彼が来る前に帰ったら、きっと部屋まで探しにくるだろう。大学に兄がわりがいることは決していやではないが、ロッドはときどき養父母以上に過保護だと思えることがある。

だれかが近くのテーブルに勢いよくトレイを置き、オーウェンは音に驚いて顔をあげた。よくロッドといっしょにいる体操選手だ。彼女の名前はなんといったっけ。たしか、ナターシャ……そう、ナットだ。

「彼、ここにも来てないの？」彼女は言った。

「だれが?」

「ロッドよ。彼、どうかしたの?」

「ロッドなら、前からどうかしているけど……」オーウェンは苦笑いをしてみせたが、ナットににらまれ、急いで続けた。「いや、特に何も聞いてないけど」でも、そう言われてみれば、今日は一度もロッドを見ていない。同じクラスは取っていないが、食事のときはたいていダイニングホールでいっしょになる。

「今朝、歴史のクラスに来なかったの。午後の魔法セミナーにも来なかった。そして、夕食にも来てない」

「変だな」オーウェンは認めた。最後にロッドに会ったのはいつだっけ。昨夜、彼が部屋に来たときだ。それ以来、姿を見ていない。

「じゃあ、何も知らない?」ナットはオーウェンの隣に座る。

「うん、彼からは何も聞いてない。必ずしも勤勉だとは言えないけど、そんなに続けて授業をサボるのはロッドらしくないな」

「魔法セミナーに出なかったことはこれまで一度もないわ。何かあったんじゃない? ていうか、変な風邪でもはやってるのかな。うちのチームのキャプテンも、今日、練習に来なかったの。全国大会が近いこの時期に休むなんて普通あり得ないんだけど。わたしたちレベルの選手になると、死にでもしないかぎり練習をすっぽかすことはないわ」

「彼女とロッドは知り合いじゃないんだよね？」

ナットはオーウェンの肩をパシッとたたく。「知り合いじゃないわよ。だから、ふたりで仲よくずる休みしてるってことはないわ」

「ロッドの場合、それがいちばん考えられることなんだけどな」オーウェンはダイニングホールを見回し、ロッドといっしょにどこかへ行った可能性のある人を探した。ロッドが興味があると言っていた女子学生は全員、ダイニングホールにいた。一方で、ホールにはいくつか空席もあった。席は指定されているわけではないし、利用時間も人によって違うが、それでも一定のパターンがあって、毎日、ほぼ同じ時間にほぼ同じ人たちがほぼ同じ場所に座っている。そう思って見ると、たしかに何人かいない。姿が見えないのは、皆、四年生で、いずれも魔法使いの学生のなかではいろんな点で目立つ人たちだ。ただし、ワンド＆オーブのメンバーではないし、彼らとつるんでいる人たちでもない。魔法のスキルに長《た》け、キャンパスではさまざまな活動でリーダー格の学生たちだ。ロッドだけそのパターンから外れている。彼は三年生だ。どういうことだろう。

少し心配になり、オーウェンは教科書を片づけると、立ちあがってトレイをもった。「食べている途中で悪いけど、ちょっと彼の部屋に行ってみるよ」

「ああ、ううん、気にしないで行って。わたしもどうせ、急いで食べて行かなきゃならないから」

オーウェンはトレイを片づけ、ロッドの部屋へ行った。ロッドのルームメイトのひとりが彼らのスイート（共同の居間とそれを囲む複数の個室を一単位とする寮の部屋）のリビングルームにいたが、ロッドは自室におらず、ルームメイトも今日は彼のことを見ていないという。メモを残すという口実でロッドの部屋に入ると、彼のナップサックがあり、ジャケットが椅子の背にかけたままになっていた。嫌な予感がする。部屋の状態を見るかぎり、こんなに長く戻らないつもりで出かけたとは思えない。

オーウェンは何か手がかりになるものがないかロッドの机まわりを調べた。机の前の壁に貼られたカレンダーの今日の日付のところには何も書かれていない。〝両親から電話〟というような伝言メモの類いもない。諦めて机から離れようとしたとき、ふとあるものが目にとまった。机に置かれたノートから紙が一枚はみ出ていて、見えている部分に見覚えのある言葉が書いてある。オーウェンが昨夜考えていた魔術の言葉だ。

のぞき見することに少し後ろめたさを感じながら、ノートから紙を引き出す。魔術の下書きのようだ。オーウェンの魔術とは少し違うが、それをベースにしているのは間違いない。昨夜、部屋に来たときに見たのだろう。ロッドはそれをより現実世界で使いやすいように調整していた。その結果、いたずらにぴったりの魔術ができていた。

「うそだろう?」オーウェンはつぶやく。「ロッドのやつ!」紙をくしゃくしゃに丸めようとして、寸前で思いとどまる。ひどい裏切りだ。こんなことをするなんて。友達だと思っていたのに——。

「何?」ロッドのルームメイトが読んでいた本から顔をあげる。

「なんでもない。ひとりごとだよ。ロッドが帰ってきたら、ぼくが会いたがっていたと言ってくれる?」

「了解」

おそらく、そうなる可能性は低いだろう。とりわけ、オーウェンが考えているとおりのことが起こっているとしたら。ロッドはデックスたちに気に入られるために、自分で魔術をつくることにしたに違いない。そして、その魔術がロッドに対して使われたのだ。ひょっとして、行方がわからなくなっているほかの学生たちにも同じことが起こったのだろうか。彼らはワンド&オーブとは関わりのなさそうな人たちだし、ワンディーたちはまだ新しいメンバーを選んでいないはずだから、これはイニシエーションの儀式ではない。何か別のことが起こっているのだ。そして、もしオーウェンの推理が正しければ、いまこのキャンパスのどこかにカエルに見える人たちがロッドも含めて数人いることになる。ロッドのことはこのまま少し困らせてやりたい気もするが、自分の考えた魔術でだれかが苦しむのを放っておくことはやはりできない。たとえ、勝手にもち去られて承諾なく使われたのだとしても。はやく彼らを助けなければ——。

問題はどうやって彼らを見つけるかだ。魔法でカエルに見える人と本物のカエルを見分けるのは容易ではない。そもそも、カエルを見つけること自体、簡単ではない。カエルはたいてい周囲に溶け込むような場所にいる。めくらまし《イリュージョン》に隠された真の姿が見える免疫者《イミューン》がいれば助かるのだが、魔法使い専用のこのレジデンシャルカレッジにはもちろんいないだろうし、魔法は絶対的な秘密なので、学内のほかの場所で見つけることは難しい。そうなると、めくらまし《イリュージョン》の使用を示唆するサインを探すしかない。とりあえず、カエルが活動するにはまだ気温が低いので、カエルに見えるものは魔術をかけられた人間である可能性が高いと言える。でも、どこへ行けばいいだろう。キャンパスでカエルを見かけた記憶はない。まあ、特に気をつけて探したこともないけれど。キャンパス内に池はそんなにないし、噴水はもっと少ない。

　とはいえ、手はじめに噴水をチェックしてみるのは悪くないだろう。噴水ならレジデンシャルカレッジの中庭にひとつある。あの大魔法使いの像があるところだ。カエルに見える学生を置くとしたら、まずあそこだろう。魔術をかけられた人はめ《イ》くらまし《リュージョン》の作用でカエルに見えるが、実際は人間のままだ。魔術をかけた人は、人間の重さのままのカエルをそう遠くまで運ぼうとはしないはず。オーウェンは急いで外へ出た。噴水の縁にカエルが一匹いるのが見えた。ほっとして力が抜ける。行方不明になっている人のうちのだれかに違いない。魔法に対する感覚を研ぎ澄ますと、カエルから魔力が放出されているのがわかった。

免疫者《イミユーン》の知り合いはいないが、次善の策になりそうなものがある。オーウェンは少し前からめくらまし《イリユージヨン》を感知する魔術の開発に取り組んでいた。めくらまし《イリユージヨン》の下に隠されている真の姿を露《あら》わにすることはできないが、その輪郭《りんかく》を見せることならできる。この魔術は、めくらまし《イリユージヨン》が使われていることがわかっていて、かつ、ある程度場所の見当もついていないと使えないので、多くの場合、あまり役には立たないのだが、いまの状況はこの魔術を試す絶好の機会だと言える。

魔術は必要以上にパワーを使った。これは今後の改善点だ。かけながら少し調整する必要があったが、やがてカエルのまわりにうっすらと人間のような形をした空気の揺らぎが現れた。試しに魔力でつついてみたが、めくらまし《イリユージヨン》は消せなかった。もっとも、たとえ消せたとしても、魔術をかけられた人は依然として自分をカエルだと思ったままだろう。

やはり解く方法はひとつしかないようだ。かなり気まずい状況になると思われるが、しかたない。それがロッドであれ、だれであれ、このままにしておくわけにはいかない。周囲を見回し、だれもこちらを見ていないことを確認すると、オーウェンはかがんで目をつむり、カエルにすばやくキスをした。

何も起こらない。

ナップサックから魔術の書かれた紙を出して確認する。オーウェンは思わず声を漏らした。ロッドはとんでもなく伝統主義なうえ、性差別野郎だ。魔術は女性がキスをして解く、となっている。たったひとことの違いだが、状況は格段に複雑になる。協力してくれる人を探さなくてはならない。

これがまた問題だ。それはオーウェン自身が施した工夫のせいでもある。魔術のめくらまし《イリュージョン》の部分を解いた人はしばし気まずい思いをすることになるので、だれにでも頼めるわけではない。しかも、女性と話すのが苦手なオーウェンには、女の友達が少ない。そもそも人と話すこと自体得意ではないのだ。だから、ロッドとルームメイト以外、親しい友達はいない。これについてはなんとかしなくてはいけないと自分でも思うが、いま考えるべきはそのことではない。

ちなみに、ロッドにも女の友達は多くない。興味をもっている女性はたくさんいるが、あくまでデート相手としてであって、友達としてではない。ロッドがねらっている子をこの件に関わらせたら、彼はきっと激怒するだろう。魔術がロッドにどんなことをさせるのか見てみたい気もするが、意図的に友人に恥をかかせることはオーウェンの良心が許さなかった。たとえ、本人の自業自得だとしても。

協力してくれそうな人で唯一思いつくのはナットだ。ロッドは彼女に気があるようには見えないし、ナットはロッドのことを心配していた。彼女は食事のときよく同席するから、友達と見なしていいだろう。頼めば引き受けてくれるかもしれない。忙しい人だが、いまのところ彼女しか頼れる人はいない。

オーウェンは部屋に戻り、学生名簿でナットの部屋番号を調べた。部屋を訪ねると、彼女はスイートのリビングルームにいた。椅子の上に一見あり得ない形に体を折り曲げて座り、教科書を読んでいる。ナットはオーウェンが話しかける前にこちらに気づき、顔をあげた。「ロッドから連絡あった？」

「ううん、でも、彼に何があったのかわかった気がする。たぶん、ほかの人たちについても――」オーウェンは周囲を見回す。どこまで人に聞かれていいかわからない。

「ルームメイトはいないわ」ナットは言った。「みんな出かけてる。ドア閉めて」

オーウェンはリビングルームのドアを閉め、ナットの前にある椅子に座った。

「ワンディーたちがイニシエーションに使う魔術をつくってほしいとぼくに言ってきた。どうやらロッドはそれを彼らのグループに入るチャンスだと考えたようだ。それで、ぼくがあくまで理論上のものとしてつくっていた魔術を無断でもち出して、自分が考えていたものと組み合わせて、この魔術をつくったらしい」オーウェンはロッドの部屋で見つけた紙を渡す。

　ナットは魔術を読むと、目を見開き、顔をあげた。「なに、この最低で最高な魔術」

「ぼくは実際に使うつもりはなかったんだ。複数の魔術をリンクさせて、ひとつを解くと別の魔術が発動するシステムを構築するのに、とりあえずそのシナリオを使っただけで。めくらまし《イリュージョン》の部分はロッドがつくった」

「二方向に作用するめくらまし《イリュージョン》ね。魔術をかけられた人がほかの人の目にカエルに見えるだけでなく、本人も自分をカエルだと思い込む。よくできてるわ」

「うん、でも彼ら、それをロッドにかけたんだと思う。中庭の噴水にカエルが一匹いるんだけど、めくらまし《イリュージョン》をまとった人間であるのは間違いない。でも、解くことができなかった」

「伝統的な方法でやってみたの？」ナットはにやりとする。

オーウェンは頬が燃えるように熱くなるのを感じた。真っ赤になっているに違いない。「うん。でも、だめだった。魔術を読んでみて」

ナットは手もとの紙に目を落とす。眉がひゅんとあがった。「女の子？　キスするのは女じゃなきゃいけないの？　うそでしょ？　もうすぐ二十一世紀よ？」

「そういうわけで、その……女の子が、必要なんだ」

ナットは大きなため息をつくと、オーウェンに紙を返し、教科書を脇に置いた。

「わかったわ。最初に彼の安否を尋ねてあなたを巻き込んだのはわたしだからね。だけど、ロッドはわたしに大きな借りをつくることになるわよ。本当にこの魔術のとおりになるのだとしたら、もう特大の借りだわ。まあ、ちょっと見物《みもの》ではあるけど」ナットは複雑に折り曲げていた手脚をほどいて立ちあがった。「行くわよ。さっさと終わらせましょ」そう言うと、椅子の背にかけてあったウォームアップジャケットを取って歩き出す。

ナットは小柄だ。並ぶとオーウェンが巨人に見えるほど背が低いが、歩くスピードは信じられないほどはやい。茶色の縮れ毛をリズミカルに揺らしながら廊下を行く彼女についていくのは、なかなかの運動だ。噴水にはナットの方が先に着いた。カエルはまだそこにいた。「これのこと?」ナットが訊く。「本当に、本物のカエルじゃないのね?」

「うん、間違いない」

「そう。じゃあ、いくわよ」ナットは身をかがめると、目をぎゅっとつむってカエルにキスをした。

ナットが離れると、カエルは淡く発光しはじめた。光は次第に大きくなり、やがて人間のサイズになった。そして、光が消えると、噴水の縁に若い男が座っていた。ロッドではなかった。


元カエルもどきは、四年生のグラント・テンプルトンだった。魔法界の有力な一族の出で、オーウェンは子どものころ、養父母が彼の両親と評議会《カウンシル》関連の仕事をしたときに何度か会ったことがある。大学では、同じクラスを取っていないこともあり、これまでほとんど接触はなかった。彼がワンド&オーブのくだらない活動に関わっているとは思えない。ワンディーと思われる連中といっしょにいるところすら

見たことはない。どうして彼はカエルになっていたのだろう。

グラントは少しふらついたが、ナットに気づくと、すぐさま彼女の前にひざまずいた。「ああ、ぼくの美しい人、どうすればこのお礼ができるだろう」

ナットはさっと後ろに下がる。「うわっ。覚悟はしてたけど、実際に見るとなんかすごいわね」

グラントはナットの手を取り、その甲にキスの雨を降らせた。ナットはオーウェンにすがるような目を向ける。「なんとかして。わたしより彼にとっての方が屈辱的だとは思うけど、このままだとお互いかなり気まずいことになるわ。解き方はわかってるんでしょ？」

めくらまし《イリュージョン》を解いた人に夢中になる魔術は自然に解けるようになっているが、執着を別の対象に移行させることでその時間を短縮できる。オーウェンはグラントの肩をつかむと、立ちあがらせて、むりやり自分の方を向かせた。「グラント、目を覚まして。きみにはガールフレンドがいるだろう？」

グラントは瞬きする。「ガールフレンド？　ああ、そういえば。でも、この人がいれば、彼女なんてどうでもいい」そう言うと、ナットの方へ行こうとする。

「いま彼女の写真もってない？」

グラントが答える前に、ナットが彼のズボンの後ろポケットから財布を引き抜き、なかを探って、写真を見つけた。「はい、これ」そう言って、グラントの顔の前に突きつける。グラントがナットに気を取られて写真を見ようとしないので、オーウェンは彼女から写真を取ってグラントの前に掲げた。ナットはそのすきにグラントから見えない位置に移動する。

少しすると、グラントの表情が変わりはじめた。夢から覚めたような顔だ。グラントは頭を振って何度か激しく瞬きする。「いったい何が起こったんだ」

「最後に覚えていることは何？」オーウェンは訊く。

「デックス・パーカーが部屋に来た。訊きたいことがあるって。そして、気がついたらここにいて、自分のガールフレンドじゃない人に猛烈に恋をしていた。でも、もう大丈夫みたいだ。いったい何があったの？」

「デックスがきみに魔術をかけたんだ。その魔術は別の魔術にリンクしていた。でも、両方解けたと思う。ナット、もう大丈夫だよ」

ナットは植え込みの陰からおそるおそる出てきた。そして、グラントが自分を見ても詩を朗読しはじめないことがわかると、安堵のため息をついた。「どうして彼はあなたに魔術をかけたの？　ワンド&オーブのメンバーじゃないでしょ？　四年生だからイニシエーションの対象でもないし」

「ほかにも魔術をかけられた人たちがいるみたいなんだ」オーウェンは言った。

「何人か行方がわからなくなっている人がいる。皆、四年生だ。三年生のロッド・グワルトニーを除いて」なぜロッドが含まれているのかはあえて言わなかった。グラントが訊かないでくれるといいのだけれど。

「ほかの人たちって？」グラントは顔をしかめる。

「まず、キャミ・サトウ。彼女、今日の午後、体操部の練習に来なかった」ナットが言った。

「夕食のとき、フィン・ミューアとマーカス・リーの姿もなかった」オーウェンは続ける。「きみがいつも座るあのテーブル、ほとんど人がいなかったな」

「彼らを見つけないと！」グラントが言った。

「いま、探してるところだよ。でも、理由がわかれば、よりはやく見つけられるかもしれない」

「ワンディーたちはぼくらを潰そうとしてるんだ。ねらわれた人たちは皆、近く欠席や失敗が許されない重要な予定を控えてる。ぼくは今週、魔法セミナーで大きなプレゼンをする予定だ。欠席したら、今学期の単位がパーになる」

「キャミは今週末、大事な大会があるわ」ナットが言った。「少しでも練習を休んだら調子が狂うし、練習をサボったことでチームを外される可能性だってある」

グラントはうなずく。「フィンもぼくと同じで、大きなプレゼンを控えてる。ほかに、金曜日にＭＳＩの面接を受ける予定の人もいる。デックスはぼくたちを潰す気なんだ」

「でも、どうしてデックスはきみたちを潰したいの？」オーウェンは訊いた。

「きみは知らなくていいことだよ」

ナットは腕組みをする。「だったら、別にわたしたちが助ける必要もないわね。わたしたちはこの魔術がどういうものか知ってるから、あなたが友達を助けたいなら協力できるんだけど」

グラントは聞いている人がいないか確認するかのように周囲を見回す。「わかった。でも、これから話すことは絶対に秘密にすると誓ってもらわなきゃならない」

「いいわ。だれにも言わない」ナットは言った。

「ぼくはどうせ人と話さないし」オーウェンは肩をすくめる。

「きみの友達のグワルトニーにもだ」

「わかった。でも、彼自身がこの件に巻き込まれているわけだから、言わなくてもいずれわかってしまうと思うけど」

「まあ、たしかに。その場合はもうしかたない。実は、秘密結社に関わることなんだ」

「まさかあなたもワンディーだったなんて言わないわよね？」ナットが訊く。

「違うよ。ぼくたちは本物の秘密結社だ。存在自体が秘密のね。組織の一員になるまで、だれもそれが存在することすら知らない。ワンド＆オーブは、秘密結社というより秘密主義の結社だよ。彼らがどういう活動をしているのかはだれも知らない。でも、彼らの存在は皆知っている。彼らは自分たちをエリートだと思ってるみたいだけど、秘密結社のメンバーであることをわざわざ皆に知らせたがるのは、劣等感の裏返しのように見える。ぼくたちは別に人々に知ってほしいとは思わない。もちろん、存在を示唆する噂はある。ワンディーたちはきっと、当然入ると思って声をかけた人たちに断られることで、別の秘密結社が存在することに気づいたんだろう。どうやら彼らはぼくたちに宣戦布告したようだな。きみが行方がわからないと言った人たちは皆、うちの組織を選んだことで彼らの誘いを断った人たちなんだ。大事なイベントで失敗させてぼくたちの将来を潰すことで、組織そのものにダメージを与えようとしたんだろう。そうすれば、だれもこっちに加わろうとしなくなると思って。ただ、きみの友達だけ違う。どうして彼がねらわれたのかはわからない」

「彼はおそらく実験台にされたんじゃないかな。魔術がちゃんと機能するかどうか確かめるために」オーウェンは言った。ロッドが彼らに魔術を提供したことは、少なくともいまはまだ言わないことにした。それはロッド自身が対処すべき問題だ。

「とにかく、魔術をかけられた人たちを全員探し出して、それぞれが予定をすっぽかすことになる前に魔術を解かないと」

「じゃあ、カエル探しね。この噴水のまわりにまだいるかな」ナットは四つん這いになって噴水を囲む植え込みのなかを探しはじめる。男たちふたりもそれに加わった。オーウェンは小さな光の球を出して暗がりを照らす。しかし、カエルは一匹も見つからない。

「いないな」しばらくすると、グラントがそう言って立ちあがり、ひざについた土を払った。「この中庭に全員を置くようなことはしないだろう。それじゃあ、簡単すぎる。ぼくの場合はおそらく、魔術が解けたときに最大限の恥をかくようにしたかったんだろう。でも、ほかにカエルを放すとしたらどこかな」

「キャンパス内には池も噴水もそんなにたくさんないわ」ナットが言う。「でも、このカエルって本当に水辺にいるタイプ？　樹上性のカエルってことはない？　だとしたら大変よ。木はものすごくたくさんある」

「キャンパス中を探さなくても、カエルにされた人を見つける方法は何かあるはずだ」グラントは言った。

「彼らは本当にカエルになったわけじゃないよ」オーウェンは言った。「これはあくまでめくらまし《イリュージョン》だ。カエルに見えるし、彼ら自身も自分をカエルだと思っているけど、実際は違う。彼らは人間で、不自然な体勢を強いられているだけなんだ。ぼくたちに必要なのは免疫者《イミューン》だよ。免疫者《イミューン》なら、変な場所に変な格好で座っている人間がいれば気づく。免疫者《イミューン》の知り合いはいない？」

「いや、残念ながら」グラントは言った。「彼らはただの伝説かと思ってた」

「いつかめくらまし《イリユージヨン》を透視する方法を解明したいとは思ってるんだけど——」オーウェンは言った。「いまはとりあえず、水があって草木が生い茂っているエリアを集中的に探そう」

「手分けして探す?」グラントが訊く。

「そうしたいところだけど、魔術を解くにはナットがいないとだめなんだ」

「どうして?」

「女じゃないとだめなの」ナットが言った。「ほかにキスを頼める人がいるなら、わたしはそれでもかまわないけど、あなたとしてはこの件にはあまりたくさんの人を関わらせたくないんじゃない?」

「じゃあ、カエルを見つけたらここにもってくるようにしよう」グラントはそう言ってうなずく。

「これはただのめくらまし《イリユージヨン》なんだ」オーウェンは言った。「だから、運ぶのはカエルじゃなくて人間だよ。まあ、そのおかげで本物のカエルか、魔術をかけられた人間かを見分けられるわけだけど。カエルを普通にもちあげることができなかったら、それがサインだ」

「じゃあ、彼らはどうやってぼくをここに連れてきたんだ？」グラントが訊く。

「ぼくは自分の部屋で魔術をかけられたんだ」

「何人かで運んだんじゃない？」ナットが言った。

「もしくは、台車を使ったのかもしれない。あるいは、きみを歩かせた可能性もある。周囲にはカエルがぴょんぴょん跳んでいるように見えただろうけど。でも、ほかの人たちもキャンパスの別の場所にまで連れていきはしないと思う。そんなに遠くまで人目を引かずに移動させるのは難しいよ」

「林《グローヴ》だ」グラントが言った。「きっとそうだ。ぼくをここに置いたのは、グローヴに行く途中でだれかに見つかりそうになったからかもしれない。人を隠すなら、グローヴはうってつけの場所だよ」

「たしかに」オーウェンはうなずく。

「それに、グローヴには秘密結社の本部がある。ワンディーたちのも、ぼくたちのも」

「じゃあ、間違いないわね」ナットが言った。「でも、どうやって行く？　教授に報告するの？」

「ぼくがきみたちを連れていくよ」グラントは言った。「ぼくはポータルを開けることができる。組織の本部に行く必要があるからね」

「じゃあ、さっそく行きましょ」ナットは門に向かって歩き出す。

「ちょっと待って」オーウェンは言った。「向こうで何が待っているかわからないから、最低限、備えておいた方がいいんじゃないかな」

「待ってるって、カエル以外に？」ナットが訊く。

「魔術をかけた人たちだよ。ぼくたちだってかかるんだ。彼らが向こうで待ち伏せしていないという保証はない。カエルにした人たちを彼らの本部に隠しているかもしれないし、見張りを置いているかもしれない。こっちもある程度、作戦を考えていった方がいいよ」

グラントはうなずく。「たしかにそのとおりだな。それから、ぼくたちがこれからどこへ、どういう理由で行くのか、だれかに伝えておいた方がいい。ぼくたちの身に何かあったときのために」

「教授のだれかに報告しておいた方がいいんじゃない？」ナットが言った。

オーウェンは少し考えてから首を横に振った。「いまのところ、彼らの仕業だという確たる証拠は得られていない。これを正式な捜査にしてしまったら、よけいな時間がかかって、かえって問題を大きくしてしまう可能性がある。報告は証拠を見つけてからでもいいんじゃないかな。あるいは、だれかが実際に怪我をしたり、カエルにされた人たちが予定をクリアできなくなったり、もしくは、ぼくたちでは手に負えなくなったときで。現時点では、あくまで学生グループの間で起こったもめごとだから」魔術をつくったのはロッドとオーウェンなので、ふたりにはかなりの責任がある。使用するつもりはなかったとオーウェンが言っても、大学側は信じないだろう。オーウェンがつくった最初のバージョンはロッドがいたずら用に変えたものよりさらに問題のある魔術だ――あくまで理論上の考察だったとしても。

「そうだな、教授への報告はまだやめておこう」グラントも同意する。

「ポータルを通るときは保護幕《シールド》を張った方がいいかもしれない。向こう側で待ち伏せされていた場合に備えて」オーウェンは言った。「まあ、その可能性は低いと思うけど。彼らはぼくたちが気づいたとは思っていないだろうからね。でも、念のため、そのつもりで動いた方がいい。それから、めくらまし《イリュージョン》を解いたあとの後遺症に対処できるようにしておく必要もある。ナットが大勢の求愛者たちに取り囲まれて動けなくなったりしないように」

「そうよ、それは絶対必要」ナットは激しくうなずいてから、ウインクして言った。

「まあ、相手がだれかにもよるけど」

「きみのガールフレンドの写真は有効だった」オーウェンはグラントに言った。

「行方不明になっている人たちの恋人や好きな人の写真を手に入れられないかな」

「その前に、だれが行方不明なのかを正確に調べないと。一時間後にここに集合でどうだろう」

「いいよ。そのとき懐中電灯をもってきて」オーウェンは言った。「魔法を使えば、来たことを大声で知らせるようなものだからね」

三人はいったん解散した。オーウェンは懐中電灯を取りにまず自分の部屋へ行き、そのあと念のためにロッドの部屋に寄ってみた。彼が戻っていて、すべてが杞憂《きゆう》に終わるという淡い期待を抱いていたが、やはりロッドはいなかった。ルームメイトは、オーウェンがロッドのもちものを調べるための下手な言いわけを言う前に、〝勝手にどうぞ〟と手で合図した。めくらまし《イリュージョン》を解いたあとロッドがナットに対してもつことになる執心は、何で解けばいいだろう。ロッドにガールフレンドはいない。いろんな女の子とデートはするが、ひとりの人とつき合うことはしない。デート相手にさえ、正直、それほど気持ちがあるようには見えない。いまのところ、女性たちが自分に魅了されるのをただ楽しんでいるだけのようだ。たとえそれがほとんど魔法の力によるものだとしても。ロッドがいまデートしたがっている女の子がふたりほどいるのを知っているが、その気持ちが魔術を解くほど強いものかどうかはわからない。いずれにせよ、部屋に彼女たちの写真はなかった。

ロッドはセンチメンタルなタイプではないので、好きになった子の写真でコーナーを飾ったりはしない。掲示板に一枚だけビキニ姿のスーパーモデルの写真が貼ってあったので、役に立つかどうかわからないが、とりあえずそれをもっていくことにした。

噴水に戻ると、すでにナットがいた。数分後、グラントが険しい顔でやってきた。

「結社の幹部全員が姿を消してる。連中は間違いなくぼくらを標的にしてるよ。許しがたい。さあ、行こう」グラントはそのまま止まらず、ポータルに向かっていく。ナットとオーウェンもあとに続いた。

ポータルはトレーニングのために何度か通っている。でも、向こう側で待ち受けているものについて心配したことは一度もない。ポータルを通るときはいつも教授に引率されているので、学生たちが不安を感じることはない。しかし、今回、グラントがポータルを開いて、門の横の壁に現れた穴を通るとき、オーウェンはかなり緊張した。ワンディーたちが待ち伏せしている可能性は低いとはいえ、油断はできない。

林《グローヴ》側に出ても魔法の攻撃はなかったが、オーウェンは警戒を解かなかった。三人は背中合わせに立ち、周囲に目を光らせる。とりあえず、人の姿はなく、強い魔力も感じない。「ということは、わたしたち、カエル探しをするわけね。夜の森で」ナットが言った。「まさに、干し草の山から一本の針を探し出すってやつだわ」

「カエルに見える人間たちを探す、だよ」オーウェンは訂正する。「探すのはめくらまし《イリュージョン》だ」

「どうやって?」グラントが訊く。

この魔術はめくらまし《イリュージョン》だと思ったものにピンポイントで使ったことはあるが、広い範囲に使用するのははじめてだ。でも、理論上は機能するはず。格子状にエリアを区切って一カ所ずつ探していくのはある程度時間がかかるが、それでも暗闇で当てずっぽうにカエルを探すよりはいいだろう。カエルにされた人たちのほとんどはポータルの近くに放されているはず。グローヴ内に入れば、わざわざ遠くまで運ぶ理由はない。

オーウェンは魔術を調整し、ねらったエリアにかけてみた。すると、木立のなかに人間形のかすかな空気の揺らぎが現れた。ナットとグラントにその場所を示す。ふたりはそこへ走っていった。

ナットが懐中電灯でカエルを見つけた。「たぶんこれだわ」ナットはしゃがんでカエルを拾いあげようとしたが、もちあがらなかった。「間違いない。このカエル、ものすごく重いもん」そう言うと、かがんでカエルにすばやくキスをし、袖で口を拭きながら後ろに下がる。「あなた、わたしに大きな借りができたわよ」

カエルが淡く光りはじめる。光は次第に大きくなり、やがてサッカーのユニフォームを着たがっちりした体格の若い男になった。「フィン！」グラントが叫ぶ。

「うわっ、なんだ、何があった？」フィンはふらつきながらそう言うと、そばにある木に寄りかかり、深呼吸する。

「覚えてないのか？」グラントが訊いた。

「練習から帰る途中だったんだけど、どういうわけかいまここにいる。ここどこ？」

「そのときだれか近くにいなかった？」

フィンは顔をしかめる。「そういえば、デックス・パーカーと仲間たちが近づいてきた。いったい何があったんだよ」

「ワンディーたちが、うちの組織の幹部全員に自分をカエルだと思わせる魔術をかけたらしい」

「あいつら、よくも……。でも、どうしてぼくらの組織が存在することを知ってるんだ」

「ああ、そこが気になるところだけど、いまはほかのメンバーを探すのが先だ。歩けるか？」

フィンは何歩かおそるおそる歩いてから、うなずいた。「大丈夫だ」さらに二、三歩歩いたところでナットに気づき、茫然とした表情で立ち止まる。「なんて美しいんだ！　すぐに気づかなかったことを許してください。きみのような完璧な人は見たことがない！」

「ごめん、彼にはガールフレンドがいないんだ」グラントが言う。「サッカーボールでもいいかなと思ったんだけど、あいにくすぐに見つからなくて」

「きみのその美しさをどうやって表現したらいいだろう」グラントに腕を引っ張られながら、フィンは言った。「そうだ、歌だ、歌しかない」

「歌はやめて！」オーウェンは言った。「静かにしていないと。きみの美しい人を守る唯一の方法は、彼女が敵に見つからないようにすることだよ」

「きみを守るためなら、ぼくはどんなことでもしよう」フィンはそう言うと、口をつぐんだ。とりあえず黙ってくれたので、オーウェンはほっとした。

「さっきの魔術は何？」グラントがオーウェンに訊く。「めくらまし《イリユージヨン》を透視するのは不可能だと思ってたけど」

「めくらまし《イリユージヨン》を透視したわけじゃないよ。めくらまし《イリユージヨン》をつくっている魔力を可視化したんだ」

「どうやってやるの？　皆で手分けしてそれをやれば、もっと効率よく探せる」

「けっこう適当なんだ」オーウェンは肩をすくめる。「そもそもちゃんとした魔術ではないし。ある魔術をベースに、それを応用して、またそれを状況に応じてその場で調整してって感じで……」もう一度肩をすくめる。

「それ、ぼくたちに教えてくれ」グラントは言った。

　オーウェンは加えた調整を言葉に変えて呪文をつくり、魔術らしい体裁にして皆に伝えた。しかし、彼らがやってもうまくいかない。オーウェンはさらに調整を加え、順を追って指導したが、やはり彼らはめくらまし《イリュージョン》を感知することができないようだった。

「これ全部自分で考えたの？　きみ、まだ一年生だよね？」グラントは額に玉の汗を浮かせ、肩で息をしながら言った。「それも、飛び級で入った、普通の学生より年下の一年生だ」

「たぶん、ぼくがうまく説明できていないんだよ」オーウェンは周囲が暗いことにほっとしながら言った。真っ赤になった顔を見られずにすむ。

「やっぱり、ぼくたちに教えるより、きみがひとりでやってくれた方がはやいな。きみがそれでかまわなければ」

「いいよ」オーウェンはイメージ上の格子の次のマス目に魔術を放った。何も現れなかったので、すぐに次へ行く。しばらくは歩きながら魔術をかけていたが、何かにいくよ。ぼく、カエルが死ぬほど怖いんだ」とナットが言う。「もうひとつ、フィンのことは責めないで。きみが子どもだった頃、カエルは人の口にキスしてたって知ってた？」

途中から魔術《イリュージョン》をかけるときはきちんと立ち止まるようにした。ようやく、あらたなめくらまし《イリュージョン》を見つけた。カエルが動いているらしく、めくらましを示す空気の揺らぎも移動していく。オーウェンが指し示した場所に、ほかの三人が走っていく。かなり疲れてきたが、彼らには言いたくない――ロッドを見つけるまでは。

「いた！」フィンが言った。

ナットが顔をしかめて言う。「わたしの出番ね」

フィンは両手で彼女の手を握り、じっと目を見つめた。「大丈夫、きみならどんな任務も完璧にやり遂げられるよ」

「それはどうも」ナットは手を引き抜くと、カエルの前にひざまずく。

ナットがかがんでカエルの頭にキスしようとすると、フィンがすごい勢いで止めに入った。「何をしてるんだ！　ぼくというものがありながら！　きみの恋人はこのぼくただひとりだ！」グラントがフィンを抱えてナットから引き離す。

ナットはカエルにキスをすると、袖で口を拭いて体を起こした。「これに慣れはじめてる自分がちょっと恐いわ」

例によって、人の形の光が現れ、やがて消えると、その場所に若い女性が立っていた。ナット以上に細身で、黒髪を高い位置でポニーテールにし、ナットと同じ種類のウォームアップスーツを着ている。「ナット！」彼女はうれしそうに叫び、チームメイトに抱きついた。「助けてくれたのね！」

「キャミ、心配したわよ」ナットはそう言ったが、抱き締められて少々気まずそうだ。

フィンがグラントの手を振りほどいてナットに駆け寄る。「彼女を放せ！　彼女はぼくのものだ！」

「わたしはだれのものでもないわよ」ナットは体をよじってキャミの腕のなかから抜け出ると、彼女に向かって、「オリンピック」と言った。しかし、ナットに対するキャミの態度は変わらない。「やっぱり夢中なことやものじゃだめみたいね。人じゃないと」ナットはオーウェンに言った。

フィンがナットの横に来てふたたび言った。「彼女はぼくのものだ」

キャミはフィンを見あげると、瞬きをし、にっこりした。「わたしたち、物理のクラスでいっしょよね」そう言うと、頭を振って顔をしかめる。「何があったの？

練習を終えて帰ろうとしていたところまでは覚えてるんだけど……あれからどのくらいたった？」

「丸一日」ナットは言った。「今日は練習に来なかったわ」

「うそ、コーチに殺される」

彼女のナットへの執心は消えたようだ。しかし、そのおかげで気まずい三角関係ができてしまった。フィンはふたりの女性の間に割って入る。キャミはいやがる様子もなく、彼の腕に手を置いて言った。「助けにきてくれてありがとう」フィンはキャミのことなど眼中にないようで、ナットの肩に腕を回す。キャミにむっとされ、ナットはすばやくフィンの腕をすり抜けた。

オーウェンはマトリョーシカ効果がしっかり機能していることを確認しつつ、テストするときは別の魔術を使うことを心に誓った。人の感情を利用するのは間違っている。もちろん、実際に使うつもりはなかったのだけれど。これはあくまで理論上可能かどうかを見るためにつくったもので、たまたま最初に思いついた魔術をあてはめただけだ。今回のことが解決したら、ロッドとじっくり話をしなければならない。

一行はカエル探しを再開した。次に見つかったのも女性だった。でも、あとに続く魔術はほんの一瞬しか持続しなかった。女性はグラントのガールフレンドで、グラントが彼女を見るなり抱き締めたため、ナットに夢中になる魔術はすぐに解け、女性はグラントにうっとりと身を預けた。ふたりがキスを始めると、フィンもナットの手を取り、彼女にキスしようとしたが、ナットは「いい加減にしないとぶつわよ」と言って、すばやく体を離した。

オーウェンはしばしグラントとガールフレンドに再会の喜びに浸るひとときを提供したあと、咳払いをして言った。「あと何人残ってる?」ロッドがいまだに見つからないのが気にかかる。

ようやくキスを終えると、グラントは言った。「あとひとり、マーカス・リーだ」

「それと、ロッドも」オーウェンは言った。

ふたたび捜索が始まる。オーウェンは疲労を感じていた。この魔術はかなりパワーを消費する。もう少し効率をあげることは可能だと思うが、いまそれをしている時間はない。ポータルからはもうだいぶ離れた。カエルが自分で移動したか、ワンディーたちがカエルを林《グローヴ》の奥まで連れていったかのどちらかだろう。次に見つかったのはマーカスだったが、彼のことは危うく見逃すところだった。地面に寝そべっていたので、めくらまし《イリュージョン》の存在を示す空気の揺らぎが周囲の草に埋もれてしまっていたのだ。横たわる人間形の揺らぎに気づいたのはキャミだった。しゃがんでカエルを見つけた彼女は、皆を見あげて言った。「これ、わたしがやろうか?」

「ぜひともお願い」ナットはありがたそうに言った。

「それがいい。きみの唇はぼくのものだ」フィンはそう言って、ナットの肩に腕を回そうとする。

「その腕、必要? サッカーは手を使わないのよね。だったらいらないかしら」

フィンは悲しげに一歩離れる。「ああ、愛しい人。きみはなんてつれないんだ」

マーカスは眠っていたので、キャミが魔術を解いたあと、皆で揺すって起こさなければならなかった。「夢じゃなかったんだ」マーカスは伸びとあくびを同時にしながらそう言うと、キャミを見て、うっとりした表情になった。「でも、きみは現《うつつ》になった夢だ」グラントがすかさず一枚の写真を懐中電灯で照らしてマーカスの前に差し出す。マーカスはすぐにわれに返った。「うわ、なんだったんだ、いまのは」そう言うと、キャミの方を向く。「ごめん」

「詳しいことはあとで説明する。その前にロッドを見つけないと」オーウェンは言った。不安がどんどん大きくなる。デックスたちが標的にした人たちは皆、比較的簡単に見つかった。彼らはロッドをどこへ連れていったのだろう。魔術を提供したのはロッドだ。つまり、魔術の内容を知っているロッドは、彼らにとって危険人物ということになる。だれかがロッドを見つけて魔術を解けば、彼に計画を潰される可能性がある。まさか、ロッドだけもっとひどいことをされているとか？ これはあくまでいたずらだ。人によっては今後の人生に大きな影響を与えられかねない悪質なものではあるが、いまのところだれも身体的な危害は加えられていない。ロッドもそうであればいいのだけれど……。

木立のなかをさらに奥まで探したが、ロッドは見つからなかった。「もしかしたらここにはいないんじゃないか？」グラントが言った。

「じゃあ、いったいどこに？」オーウェンは訊く。「彼らが最初に魔術をかけたのはロッドだと思う。いたずらが完了するまで、彼のことはだれにも見つからないようにしたいはずだ」

「本部だ」マーカスが言った。「やつらの本部は、やつら以外だれにも見つけられない」

「だとすると、やっかいだな」グラントはため息をつく。

「本部には覆《ヴェール》いがかけられてるの?」オーウェンは訊いた。

「ああ、メンバーだけに見えるようになっている。たとえば、ぼくたちの本部はすぐそこだ」グラントはそう言って、四十メートルほど先にある木立のなかの空き地を指さした。

「彼らの本部がどの辺にあるかはわかる?」

「この近くなのはたしかだけど」

これ以上時間をかけることはできない。友人の身が危ないのだ。オーウェンはリスクを覚悟で、残った力を振り絞り、めくらまし《イリュージョン》を見つける魔術を辺り一帯にいっきにかけた。すると、さっきグラントが指さした方角に小さな城の輪郭がうっすら現れた。そして、それとはまた別の空き地に、塀の輪郭と、その向こうに建物らしきものの輪郭が見えた。

「なるほど、彼らの本部はそこにあったのか」フィンが言った。「意外に小さいんだな」

「塀と建物の間に芝生か庭になってそうなスペースがあるわ」キャミが言った。「池か噴水があるかも。彼らにとって使えそうだったり危険だったりする人を隠すなら、そこじゃない？」

「うん」オーウェンは言った。「そこなら見つけるのはかなり難しい。でも、どうしてほかの人たちは連れていかなかったんだろう」

「彼らが自分たちの聖所にぼくらを入れるはずはないよ」グラントが言った。「それに、ぼくたちのことはいずれだれかに発見させて、魔術を解かせるつもりだったんだろう。それぞれが重要な予定を逃して、すべて手遅れになったあとで。それも、自分たちの関わりはばれずに、ぼくらに最大限恥をかかせるような方法でね」

「なんとかしてあの塀を越えないと」オーウェンは言った。「残念ながら、ぼくの魔術は塀の存在を示せるだけなんだ。門があったとしても、それは見えない」

「おそらく入ることはできないよ。ぼくたちはブロックされてるはずだ。彼らもうちの本部には入れない」グラントが言った。

「でも、ぼくなら入れるかも。ぼくはきみの組織のメンバーじゃないからね」オーウェンは言った。「どこかに絶対門があるはずだ」

「わたしが塀を越えてみようか。なかからなら門を開けられるかもしれない」ナットがそう言って、塀に近づいていく。「それほど高くないみたいだし。わたしのこともちあげてくれる?」

「本当にやる気?」

「この塀、平均台より幅がありそうだもん。わたしその上で宙返りするんだから、こんなの全然平気よ」

「でも、平均台より高いし、下にマットはないよ。それに、輪郭がぼんやりわかるだけで、塀そのものが見えるわけじゃない。ここまで巻き込んでしまったうえ、怪我をさせるわけにはいかないよ。全国大会が控えてるのに」

ナットはオーウェンのそばに来ると、小声で耳打ちした。「塀の向こう側に行けば、フィンから離れられるじゃない? ひと息つけるわ」

「わかった、きみがそう言うなら」オーウェンはしゃがんで両手を組んだ。ナットが手の上に片足を置くと、立ちあがりながらもちあげる。ナットは塀に手をかけ、軽々と上まであがった。

「ここからだとちゃんと実物が見えるわ。蔦に覆われてるから、向こう側に降りるのは簡単そう」ナットは言った。「ちょっと待ってて、門を開けるから」ナットが視界から消えて数秒後、塀に隙間が出現して、なかから彼女が手招きした。

　門を抜けると、めくらまし《イリュージョン》は消え、暗くはあるが、庭がちゃんと見えた。庭の奥の屋敷に明かりはなかった。「似非《えせ》ヴェルサイユ宮殿ね」ナットがつぶやく。「きっとなかはものすごく悪趣味よ。金メッキと鏡だらけだわ」

「はやいところロッドを見つけて脱出しよう」オーウェンは言った。塀の外でやったように魔術でいっきにめくらまし《イリュージョン》を探知したいところだが、屋敷に人がいた場合、注意を引いてしまう。明かりがついていないからといって、だれもいないとはかぎらない。管理人やハウスキーパーがいる可能性はある。あるいは、敷地内で魔法が使われた場合、それを感知して通報するシステムがセットされているかもしれない。魔法は使わずに、あるいは使っても必要最低限にとどめて、ロッドを探すべきだろう。

　庭の中央に池がある。自然の湧き水のように見えるつくりで、ナーイアスの像から水が注いでいる。池は睡蓮《すいれん》の葉と葦《あし》で覆われていた。「自分をカエルだと思っている人はきっとあそこに行くんじゃないかな」オーウェンは言った。ふたりは池まで行き、懐中電灯でカエルを探した。見張りがいれば、懐中電灯は魔法と同じくらい目立つかもしれないが、少なくとも魔法を感知してアラームが作動することはない。

オーウェンはほかよりかなり深く沈んでいる睡蓮の葉に気づいた。近づいてみると、カエルが一匹のっている。最小限の魔力を使ってめくらまし《イリュージョン》の存在を確認すると、人のような形をしたものが池の縁に横たわっているのがわかった。頭がカエルのいる睡蓮の葉にのっている。

「それ、できるようになるまで教えてよね」ナットが言った。「今夜のわたしの貢献度を考えたら、そのくらいはしてくれてもいいでしょ？」

「わかった」オーウェンは言った。「たしかにそのとおりだよね。そんなに難しいことじゃないんだ。ただ、考え方を変える必要があって。普通は露わにしようとするところだけど、これは剥ぎ取るって感じなんだ」

ナットは片手をあげてオーウェンの講義を止めた。「いまここ、いまここでじゃなくて。あとでよ。一刻もはやくここから出たいんだから」

オーウェンは首をすくめた。周囲が暗くて彼女に真っ赤になった顔が見えていないのがせめてもの救いだ。女の子とまともな会話がしたければ、魔法のことになるとオタク気質を全開にしてしまうこのくせをなんとかしなくてはならない。「そうだよね、うん、あとで」

ナットはかがんでカエルの頭にキスをした。「これが最後であることを祈るわ」

「そのはずだよ。ほかにぼくたちが気づいていない行方不明者がいないかぎり」カエルが淡く光りはじめ、やがて人の形になっていくのを固唾をのんで見つめる。ついにロッドの姿が現れたとき、オーウェンは大きく息を吐いた。安堵のため息も束の間、ふたたび息をのむ。ロッドの体がびくっと動いた拍子に、頭が睡蓮の葉から水のなかに滑り落ちたのだ。オーウェンとナットは急いでロッドを水から引きあげる。オーウェンが溺れた人の救命の手順を頭のなかで復習しはじめたとき、ロッドが咳き込んで水を吐いた。いつもまとっているめくらまし《イリュージョン》が消えて、本来の顔になっている。オーウェンはこの顔をもう一年近く見ていなかった。ロッドはすぐに意識を取り戻し、めくらまし《イリュージョン》をまとい直した。同時に、ナットに気づく。

「ぼくの美しい人、きみは命の恩人だ。どうすればこの恩に報いることができるだろう」ロッドはそう言って、ナットの手を握る。

ナットはほかの人のときほどいやがってはいないように見えた。「そうね、ちょっと考えてみる」そう言ってにっこりする。手を引き抜こうとはしない。オーウェンはこのてのことに気づくのが苦手だが、どうもふたりはいい雰囲気になっているように見えた。ナットはロッドが好きなのだろうか。考えてみたこともなかったが、思い返してみると、ナットはダイニングホールではいつもロッドの近くに座るし、ロッドがいなくなったことに気づいたのも彼女だ。単によく気がつく人だったわけではないのかもしれない。

そのとき、屋敷に明かりがついた。「まずい、はやく出ないと」オーウェンはロッドの腕をつかんで走り出す。門まであと半分の距離まで来たところで、懐中電灯の光が庭を照らしはじめた。オーウェンとナットはもっている懐中電灯を消し、ロッドを引っ張って近くの植え込みの陰に飛び込む。もっとも、ロッドが勝手にどこかへ行ってしまう心配はなさそうだ。彼はナットにぴったりくっついていられるこの機会をおおいに楽しんでいる。彼女の方もまんざらではないようだ。それどころか、ロッドに寄りかかって、彼の肩に頭をのせている。

守衛なのか管理人なのかわからないが、屋敷にいた人は、懐中電灯の光を前後左右に向けながら庭を歩きはじめた。「この辺りで絶対何か光ったんだけどな……」
彼はぶつぶつ言いながら、オーウェンたちが隠れている植え込みのそばを通り過ぎる。魔法で姿を見えなくしたら、息を潜めて隠れているより、かえって注意を引くだろう。ワンディーたちがこの場所で非魔法使いを雇うことは考えにくい。

　管理人は庭をひととおり調べ終え、屋敷の方へ戻っていく。オーウェンはほんの少し肩の力を抜き、管理人が屋敷のなかに入ったあとどのくらい待ってから走り出すべきか考えた。門までは懐中電灯をつけずに行かなければならないが、白い砂利が敷かれた小道は星明かりだけでもぼんやり見えるので大丈夫だろう。ドアが閉まる音を待っていると、ロッドがナットへの愛をどうしても歌で伝えたくなったらしく、突然、『オペラ座の怪人』のロマンチックなデュエット曲を歌いはじめた。

　彼の歌声は素晴らしいとは言えないが、声量はある。オーウェンは慌ててロッドの口を塞ぎ、耳もとでシーッと言った。管理人は立ち止まり、方向転換して、ふたたび庭を調べはじめた。ロッドは静かになったが、激しく高鳴る自分の心臓の音が管理人の耳に届いてしまいそうで、オーウェンは気が気でなかった。

「いるのはわかってるぞ！」管理人はそう言うと、今度は懐中電灯で照らすだけではなく、植え込みをひとつひとつ突きながら歩きはじめた。このままでは確実に見つかる。本来メンバーしか入ることの許されないワンド&オーブ本部の敷地内で捕まることは絶対に避けたい。ロッドに魔術をかけてここに連れてきたのがワンディーたちであることを訴えても、信じてもらえる保証はない。たとえ信じてもらえたとしても、オーウェンとナットが不法侵入したことにかわりはないし、事前に大学側に報告しなかったことも問題になるだろう。それに、大学で問題を起こしたら、養父母たちがどんな反応をするかも恐かった。人生のほとんどを彼らのもとで暮らしてきたとはいえ、年齢的にはまだ施設に送り返される可能性がある。たとえ、そうならなくても、大学に戻ることを禁じられるかもしれない。

このままここにいれば、捕まるのは必至だ。いま取れる最善の策は、管理人がまだ遠くにいるうちに門まで全力疾走することだ。「走ろう」オーウェンはナットとロッドにささやいた。管理人が背の高い植物の植え込みを調べはじめたのを見て、オーウェンは門に向かって走り出す。ナットもあとに続き、すぐにオーウェンを追い越した。ロッドも彼女のあとを追いかける。

「おいっ!」管理人が叫び、懐中電灯の光がオーウェンのすぐ前を行くロッドの背中を照らした。こうなったからには、追いつかれる前になにがなんでも庭から出なければならない。オーウェンは最後尾にいる。ナットは優秀なスプリンターで、ロッドには長い脚とナットに追いつきたいという強い衝動がある。ふたりは先に門を出た。背後に管理人の息づかいを感じて、オーウェンは懸命にスピードをあげる。門を出ても、ワンディーたちの本部から十分に離れ、だれも追ってこないことが確認できるまで走るのをやめなかった。

「いったい何があった」やがて話ができる程度までスピードが落ちると、ロッドが訊いた。「ここはどこなんだ」

「ぼくの魔術を盗んだことを覚えてる？　それに手を加えてワンディーたちに渡しただろう？」オーウェンは言った。怒りが口調ににじみ出る。

「知ってるのか……」

「知ってるよ。彼らはほかの人たちにも魔術をかけたんだ。ここは林《グローヴ》だよ。ワンディーたちが皆をここに連れてきた。なんとか全員探し出して、ロッドが最後のひとりだったんだ」

「そうか、ありがとう。だけど、ほかの人たちって？」

そのときちょうど彼らが待つ場所に到着したので、それ以上説明する必要はなかった。オーウェンはまだ、ロッドについてどう説明するか決めかねていた。

「よかった、見つかったんだ！」グラントが言った。

「うん、でも、管理人だか守衛だかに姿を見られた」オーウェンは言った。

「じゃあ、急いでキャンパスに戻った方がいい」グラントはそう言って走り出す。皆もあとに続いた。

オーウェンはくたくただったが、力を振り絞ってついていく。走りながら後ろを振り返ってみたが、木立のなかに懐中電灯の光は見えなかった。敷地内から出た者は、管理人の責任の範疇《はんちゅう》ではないということかもしれない。

先頭を走っていた人たちが急停止して、オーウェンは危うく前にいた人にぶつかりそうになった。なぜ止まったのかはすぐに明らかになった。

デックスと数人のワンディーたちがポータルを見張っているのだ。

一行はそっとポータルから離れ、ワンディーたちに声を聞かれる心配のないところまで戻ると、どうするか話し合った。「おそらく管理人が連絡したんだと思う」

オーウェンが言った。「ごめん、ぼくたちが気づかれなければ……」

「塀を越えた時点で警報が作動していたのかもしれない」グラントが言う。

ロッドは会話についていこうとしたが、ナットのことが気になってそれどころではない。彼女がこんなに美しいことにどうしていままで気づかなかったのだろう。こんなに完璧な人が近くにいたのに、まったく意識することがなかった。彼女は詩が好きだろうか。何か暗唱できる詩はなかったかな。おっと、いけない、話を聞かないと。ロッドはなんとか会話の方に注意を戻す。

「本部へ行けば、そこからほかのメンバーに連絡して援護に来てもらうことができる」グラントが言った。「ただ、ひとつ問題があって、きみたち三人は入れない。非メンバーは入れないよう魔法除け《ワード》がかけられているんだ。組織が真に秘密の秘密結社であるためにね」ロッドは混乱した。真に秘密の秘密結社ってなんだ？ ワンド&オーブより秘密のグループがほかにあるってこと？ この人たちはいったい何者だ。もちろんグラントのことは知っている。キャンパス内の魔法コミュニティーでは大物のひとりだ。ほかの面々も魔法セミナーで会うので知っている。でも、なんらかのグループに属しているという話は聞いたことがない。

「ワンディーたちが同じような措置を講じていなくてラッキーだった」オーウェンが言った。

「部外者が本部を見つけることは絶対ないと思ったんだろう。その点、ぼくたちはあらゆることを想定して対策を取る」

「助けを呼んだ場合、どうなるの？」オーウェンは訊いた。

「助けにきた人たちはワンディーたちと戦うことになるだろうね」グラントは言った。「勝算は十分にある。ぼくたちは社会的地位や血統に関係なく最高の魔法使いたちを選んでる。あいつらは、たまたま魔法が使える、ただのパーティー好きな連中だ」ワンディーたちについては、ロッドもすでに同じような結論に達していて、彼らに加わりたいと思ったことを激しく後悔していた。自分にもっと見る目があれば、この人たちはだれひとりこんな目に遭うことはなかった。何よりナットだ。彼女のことは何があっても守らなければならない。

「もし戦っているところをだれかに見られたら、きみたち全員、まずいことになるよね」ロッドは言った。「ちょっと思ったんだけど、きみたちが皆、何ごともなかったようにキャンパスに戻っていて、今回のことにいっさい言及しなかったら、連中の企みは失敗だったってことになるんじゃないかな」

　グラントはにやりとする。ほかにも数人が同じような笑みを浮かべた。「それ、最高ね」キャミが言った。「連中、いつ反撃がくるかと、ずっとびくびくしながら過ごすことになるわ」

「魔法を暴力に使うのはぼくたちの本意じゃないからね。そうしなくてすむならその方がいい」フィンが言う。「少しでも黒魔術的なものは使いたくない。戦うことはかなりグレーゾーンだ。完全な正当防衛か、他者を助けるためにどうしても必要な場合以外は」

「そもそもこのグループは、黒魔術の台頭に対抗するためにつくられたんだ」グラントが言った。「組織の憲章にも定められている。でも、どうすればポータルを見張っている連中と戦わずにキャンパスに戻れる？」

「連中の注意を別のところへ引きつければいい」ロッドは言った。「おれがやつらをポータルから引き離すから、そのすきに逃げるんだ。おれは連中が諦めてきみたちを探しにいったら、そのすきにポータルを抜ける」

「ぼくたちのために、そんな危ないことをさせるわけにはいかないよ」グラントは言った。

ロッドはこのままみんなのために危険に身をさらす勇者のふりをしたくなったが、魔術への関わりについてオーウェンがどこまで話しているかわからない。彼らのグループがなんなのか知らないが、話せばおそらくそこに加わるチャンスは消えるだろう。でも、秘密結社というものがもうわからなくなったし、何よりすべて白状したかった。「これはすべておれのせいなんだ。彼らに魔術を提供したのはおれだ。だから、これはおれがすべきことなんだ」

「きみが魔術を提供した?」グラントは聞き返す。

なるほど、オーウェンは話していなかったのか。腹を立てながらも口をつぐんでいてくれたんだ。すべてばらしてしまって当然なのに。ロッドは覚悟を決めると、ひとつ大きく深呼吸して言った。「イニシエーションに使うと思ったんだ。魔術を提供すれば、グループに入れるかもしれないという下心もあった。彼らがこんなことを企んでいたとは本当に知らなかったんだ。心から申しわけなく思ってる。すべておれの責任だ。せめてこのくらいはさせてほしい」

「ぼくも残るよ」オーウェンが言った。「ふたりいればなんとかなると思う」

ロッドは胸がいっぱいになり、一瞬、言葉に詰まった。オーウェンが怒っているのはわかっている。彼には怒る権利がある。それにもかかわらず、いっしょにいようとしてくれる。急に抱きついたりするのはオーウェンの場合逆効果なので、ロッドは黙ってうなずくと、ナットの方を向いた。月明かりしかないにもかかわらず、彼女はまるで体の内側から光を放っているかのように輝いている。彼女を見ていると歌を歌いたくなる。詩を書きたくなる。「きみは彼らといっしょに安全な場所へ戻って」ロッドはナットの手を握って言った。「きみは今日、ぼくたちのために本当にがんばってくれた。これ以上危険な目に遭わせるわけにはいかない」

「そうだ、きみはぼくたちといっしょに安全な場所へ戻るべきだ」フィンが言った。

「ぼくがきみを守る」ロッドは思わずフィンをにらみつけたが、すべてが終わったときヒーローに見えるのはこっちだと自分に言い聞かせた。

「本当に大丈夫?」ナットがロッドを見あげて訊いた。ロッドの胸が高鳴る。もしかして、彼女もおれのことを? いや、そんなことを望むのは身のほど知らずというものだ。

ロッドはとっておきのニヒルな笑みをつくる。「ああ、ぼくたちに任せて。みんなはポータルの近くに隠れて、合図を待っていてくれ」

「合図って？」グラントが訊く。

ロッドはウインクした。「わかるから大丈夫」

皆が移動しはじめると、オーウェンとロッドは木立のなかを反対の方向に歩き出した。「ちゃんと作戦があるんだよね？」オーウェンが訊く。

「本部が攻撃されたように見せるんだ。爆発が起きたかのように。連中は何が起こったのか見にくる」

「なるほど、いいアイデアだな。あ、そうそう、ぼくのものを盗むのはやめてよね」オーウェンの冷ややかな口調に、ロッドは思わず顔をゆがめた。助けにきてくれたし、いまも力を貸そうとしてくれているが、彼がこの先も友達でいるつもりかどうかはわからない。そうじゃなかったとしても、責めることはできない。ロッドがしたことは大きな裏切りだ。オーウェンに渡すつもりの金もまだ手に入っていない。金といえば——ロッドはポケットに手をやる。デックスの借用書はまだそこに入っていた。デックスに本当に払う気があるのかどうかわからないが、借用書は証拠として使える。あるいは、脅しの材料としても。

「わかってるよ」ロッドは言った。「そのことについては、無事戻れたらちゃんと話そう。一応、先に言っておくけど、ごめん」続けて、オーウェンのためにやったと言おうとしたが、それで彼の気分がよくなることはないし、それが嘘だということも自分でわかっている。魔術を渡したのはデックスに気に入られてワンド&オーブの一員にしてほしかったからだ。オーウェンのために金を稼ぐというのは、自分の行為を正当化するための口実にすぎない。本当に金がほしければ、オーウェンは依頼を受けていただろう。

　オーウェンは謝罪を受け入れるとも受け入れないとも言わなかった。まだ怒っているのだろう。ロッドは話題を変える。「昔、野外活動の日に、学校に戻らずそのまま家に帰れるよう学校が火事になったように見せたことがあっただろう？　あれと同じようなことをしたらどうかと思うんだ」懐かしい話をすれば、オーウェンも少し軟化するかもしれない。

「それは使えるかもね」特に軟化してはいないようだ。

「それにはまず、彼らの本部を見つけなくちゃならない。めくらまし《イリュージョン》をかける場所を特定する必要がある。おれを探しにきたとき、どうやってあそこを見つけたの？」

「めくらまし《イリュージョン》の存在を露わにする方法を考えたんだ。それで彼らが本部を隠すのに使っているめくらまし《イリュージョン》を見つけた」

ああ、そうだろうとも。オーウェンならそのくらいのことはする。彼の魔法に関する能力はずば抜けていて、ときどき恐くなるほどだ。「なるほど、そりゃいいな。火事のめくらまし《イリュージョン》が彼らのめくらまし《イリュージョン》の上からでも有効だといいんだけど」

「有効なはずだよ。火はできるだけ大きく目立つようにした方がいいね。本部の方角であることがわかるように。ええと、たしかこの辺りだったはず――」オーウェンが魔術を放つと、周囲で魔力が高まるのを感じた。まもなく、庭を囲む塀の輪郭と、その向こうに屋敷の屋根らしきものの輪郭が見えた。

「よし」ロッドは言った。「そのまま維持してくれ。おれが火事のめくらまし《イリュージョン》をセットするから、そのあといっしょにビッグバンを起こす」ロッドは頭のなかでめくらまし《イリュージョン》を最も効果的な形になるようアレンジし、塀と建物に沿ってかけた。「準備はいいか?」

「いいよ」

「いまだ!」ロッドは火事のめくらまし《イリュージョン》を作動させ、オーウェンはそれに二キロ先からでも見えるような派手な爆発と火柱を加えた。同時に、先にかけためくらまし《イリュージョン》の存在を露呈《ろてい》させる魔術を止めたので、いまは何もないところで火が燃えているように見える。ふたりはやってくる人たちに見つからないよう身を隠した。

まもなく、足音が聞こえてきた。「うそだろ?!」デックスが叫ぶ。「これは宣戦布告だ！」

ワンディーたちが見えない門からなかへ消えていくのを見届けると、オーウェンとロッドはポータルの方へ走り出した。ポータルの近くまで来ると、スピードを落とし、木の陰に隠れながら移動する。ワンディーたちが見張りを残しているかもしれない。幸い、ポータルにはだれもいなかった。ふたりは全速力で走り抜け、無事キャンパス側に出た。

「ナットの様子を見てくるよ」ロッドは言った。身の安全が確保できたとたん、心はナットに向かった。

「魔術の作用のことは覚えてるよね？」オーウェンは言った。「そのうち自然に消えるけど、明日までは彼女に近づかない方がいい」

「彼女に近づかない？　そんなことできるわけないだろ？　彼女の部屋はどこ？

窓辺でセレナーデを歌わないと」

「それ、彼女は喜ばないと思うよ」オーウェンはロッドの腕をつかむ。「行こう。ぼくの魔術を勝手にデックスみたいなやつに渡して、あげくにこんなことになった。それについてしっかり話し合う必要がある」

「ただ渡したんじゃない、売ったんだ」

「そして、それを自分にかけられた」

「それは想定外だった。でも、金はおまえに渡すつもりだったんだ。大部分はおまえがつくった魔術だから。それに、彼らに好印象を与えられると思った」

「彼らのお金なんかほしくないよ」

「学費を自分で払うことになったら卒業までいられるかどうかわからないって、いつも不安そうにしてただろ？　おれは力になろうとしてるんだ」

「自分があのグループに入りたかっただけだろ？」

「それってそんなに悪いことか？　やつらの本性を知らなかったんだ。仲間同士の絆とかネットワークとか、そういうものが得られると思ってた。儀式として軽い新入りいじめみたいなものがあったとしても。とにかく、いまはもう入りたいなんて思わない。それよりもっとずっと大事なことがある。ナットのこととか。彼女におれの気持ちをちゃんと伝えないと」

ロッドはナットの部屋へ行こうと歩き出す。オーウェンはロッドの腕をがっちりつかみ、引きずるようにして彼の部屋まで連れていくと、ルームメイトに言った。

「彼を明日の朝まで部屋から出さないようにして。電話もさせないように」

「相当はめを外した感じだな」ルームメイトは言った。

「外したなんてもんじゃないよ」オーウェンはそう言うと、ロッドを部屋に押し込んで、勢いよくドアを閉めた。


翌朝、ロッドは割れるような頭痛で目が覚めた。口のなかに変な味が残っている。とてつもなく妙な夢を見ていたような気がするが、意識がはっきりしてくると、服の状態が目に入り、夢ではなかったことを悟った。ほぼ一日、自分をカエルだと思って過ごしたあと、部屋に戻り、着ていた服のままベッドに倒れ込んだのだ。ものすごく腹が減っているのは、おそらくいいことだろう。カエルだったときにハエを食べなかったということだろうから。それとも、食べたけれど、人間の胃袋には十分ではなかったということだろうか。口のなかの変な味がハエのせいでないことを願う。

昨夜の記憶がよみがえってくると、ナット・ベルキンのことが頭に浮かんだ。彼女に詩を読みたいという強い衝動はもうないが、彼女のことはやはり美しいと思う。それに、勇敢で、度胸もある。オーウェンは助っ人として賢明な人選をした。彼女は昨夜ロッドがさらした恥につけ込むようなことはしないだろう。まだ口をきいてくれるだろうか。彼女と話がしたいし、彼女のことをもっと知りたい。これは魔術のせいではない。魔術は、いつも近くにいたのによそばかり見ていて気づかなかった人に、きちんと目を向けるきっかけとなっただけだ。でも、これからは違う。

結果として、この状況は最悪ではない。魔術を解いたのが別の人だったら、あるいは公共の場で魔術の影響下にあったらと思うと、ぞっとする。たとえ誘われても、もうワンド&オーブに入る気はない。でも、この件を終わりにする前に、まだいくつかやるべきことがある。

ロッドはシャワーを浴びると、ダイニングホールへ向かった。デックスとその仲間たちはいつものテーブルにいた。ロッドは借用書を手に、彼らのところへ行った。

「支払いがまだだよ」そう言って、紙をテーブルに放る。

デックスの目が大きく見開かれる。「どうして……」そう言ったきり、言葉が出てこないのか、無言のまま口をぱくぱくさせている。

「ま、おれがつくった魔術だからね」ロッドは言った。彼らには自力で魔術を解いたと思わせておこう。「まだ代金を払ってもらってないんだけど」

「魔術ってなんのことだよ」デックスはやや落ち着きを取り戻し、薄ら笑いを浮かべた。取り巻きもいっしょに笑う。

ロッドはテーブルに置いた借用書をさっとつかんで言った。「これはきみの筆跡だ。支払いが済むまで預かっておく。ちなみにこれ、小耳に挟んだ妙な話とつじつまが合うんだよな。彼らにはこの借用書だけで十分な証拠になるかもしれない」

そのとき、グラントがガールフレンドといっしょにダイニングホールに入ってきた。そのあとに、フィン、マーカス、キャミ、さらに数人の四年生たちが続く。彼らは何ごともなかったかのように楽しげに談笑しながら、いつもの席についた。デックスたちの顔から血の気が引き、互いに視線を交わす。デックスはロッドから借用書を奪い取ると、財布から札束を出した。「これで口をつぐんでおくんだな」

「わざわざあんなことをしなくても、おれは何も言わなかったのに。でも、もう遅いよ。彼らはすべて知ってる。では、皆さん、お取引ありがとうございました」歩き出したロッドに向かって、デックスが言った。「招待状が来るとは思うなよ。きみとぼくたちでは人間の種類が違う」

ロッドは振り返らずに言った。「それはよかった」

オーウェンがこの先自分と関わりたいと思っているかどうかわからないが、ロッドは朝食をトレイに取ると、まっすぐオーウェンのいるテーブルへ行った。隣にトレイを置き、札束を差し出す。「ほら。おれが不正に得た金だ。学費の足しにしてくれ」

オーウェンは金を受け取らなかった。札束がテーブルの上に落ちて散らばる。ロッドはそれを拾い集め、自分のポケットに入れた。「わかった。じゃあ、これはおまえが必要になるまで預かっておく。まだ怒ってるんだな」

「自分を含めてたくさんの人を深刻なトラブルに巻き込むところだったんだからね」

「彼らがあんなことを企んでるなんて知らなかったんだ。すでに組織に入ることを決めてる人たちに対するイニシエーションだと思ってた。まさか無関係の人たちが標的になるなんて……」

「だからこそ、何を考えているかわからない相手に危険な魔術を渡しちゃいけないんだ」

「それは教訓として心に深く刻んだよ。悪かった。そして、助けにきてくれてありがとう。あのまま放っておかれてもしかたなかったのに。感謝してる」

ナットがやってきて、ふたりの向かい側にトレイを置いた。「セレナーデを歌い出したりしないわよね？　もしそうなら、ほかへ行くけど」

「歌わないよ」ロッドは言った。あらためて彼女と向き合ってみて、昨夜のような強烈な気持ちは完全になくなっていることがわかった。それでも、彼女は以前よりずっと魅力的に見えた。ふだんデート相手に選ぶタイプとは違うが、彼女に惹かれている。それに、彼女には大きな恩がある。「昨日は本当にありがとう。それと、例の魔術のせいで、いろいろ気まずい思いをさせてしまってごめん」

ナットは急にトレイの上の全粒粉のトーストが気になり出したかのように下を向く。「意外に楽しかったわ。でも、午後のクラスは眠くなりそう。ふだんあんなに遅くまで起きてないから」

ロッドは彼女の気持ちをはかりかねて少し迷ったが、思いきって言うことにした。

「今度、いっしょに夕食でもどう？　その、ちゃんとキャンパスの外で。せめて、ピザか何かおごらせてくれないかな」

「それ、魔術の影響じゃないわよね？　ピザ屋でいきなりセレナーデを歌い出したり、シェイクスピアを暗唱したりしない？」

「きみにリクエストされないかぎりは」

「じゃあ、いいわ。行きましょ。セレナーデとシェイクスピアはなしで。とりあえず、いまのところは」

だれかがテーブルのそばを通ったが、あっという間《ま》に行ってしまったのでだれかはわからなかった。そのかわり、ロッドとオーウェンとナットそれぞれのトレイのそばに封筒が一枚ずつ落ちていた。ロッドが自分の封筒を開けると、今夜門のところへ来るよう書かれた招待状が入っていた。招待状にはロゴも記章もなく、封筒にも住所は書かれていないが、差出人はなんとなくわかった。「きみのはなんて？」ナットに訊く。

「今夜来てくれって。昨夜の友人たちからのような気がする」

「ぼくは二年後だって」オーウェンが言った。「どうやら、ロッドは結局、ほしかったものを手に入れたみたいだね」

「そうだな。案外、悪い戦略ではなかったってことか?」

オーウェンは首を横に振る。「最悪の戦略だよ。これは――」そう言って人差し指で招待状をはじく。「ロッドの戦略で実現したんじゃない。ぼくたちがロッドの戦略の尻拭いをして、かつ、ロッドが自分の過ちを認めたことで可能になったんだ」

「まあ、終わりよければすべてよし、だろ?」

「シェイクスピアはなしって言ったはずだけど」ナットは言ったが、その目は笑っていた。

街を真っ赤に

Paint the Town Red

おれはの名はサム。この街がもち場だ。おれはサツじゃねえ。だが、ある意味、街の治安を守ってはいる。本物のサツの手には負えねえ特殊な事件に関してな。おれにはちゃんとした本業があるが、公益に資するサービスとして、起こるはずのねえ事象やそこにあるべきではねえものに常に目を光らせている。

たとえば、アパートメントビルの屋上にいるガーデンノームなんかがそうだ。ノームに偏見があるわけじゃねえ。つき合いの長いダチのなかにはノームが何人かいる。だが、本物のノームは人間たちが庭に飾るあの可愛い置物とは別ものだ。そして、人間たちが庭に飾るあの可愛い置物の正体は、彼らがイメージしているものとはまったく違う。むしろ、家の近くには絶対にいてほしくねえ連中だ。

屋上はおれの管轄だ。よく見るために降下する（おっと、おれがガーゴイルだっことは言ったかな？）ああ、あれだ。釣り竿をもち、レトロ感たっぷりの赤い帽子が場違いなことこのうえねえ。赤い帽子はまるで塗り立てのようにぴかぴかだ。まずいな。おれの推理が正しければ、これはかなりやっかいな事態だぜ。

周囲に庭はねえ。屋上庭園どころか、がたのきた庭椅子ひとつねえ、コールタールで塗装しただけの殺風景な屋上だ。だれかがどこかの庭でガーデンノームをかっぱらい、羽をもつ者以外見つけることのできねえこの場所に隠したか、何かよからぬことが進行中かのどっちかだ。

数ブロック離れたところにまたひとつついた。今度のは斧を手に非常階段の上にやや危なっかしく立っている。やはり赤い帽子はぴかぴかだ。会社に戻る途中でさらに三体見つけた。郊外や小さな町では特に気にとめる数じゃねえが、ここはニューヨークだ。芝生用のオーナメントが活躍できる機会はかなり限られてる。それに、そもそもここの連中は〝可愛い〟や〝昔懐かしい〟をあまり好まねえ――しゃれや皮肉でやる場合を除いてな。もっとも、やつらは流行に異様に敏感だから、どこかのポップスターがバルコニーにガーデンノームを置いてるとなりゃあ、皆いっせいに買いに走ることになるだろうが……。

日が落ちてからもう一度ざっと街を見て回る。起こるはずのねえことが起こるのはたいてい日没後だ。だが、見かけたのは暗い路地裏での強盗二件だけだった——強盗犯には当分その路地には近づきたくなくなるようにしてやったが。昼間ガーデンノームを見た場所には、もうガーデンノームはいなかった。いや〜な予感がするぜ。

　翌朝、同じ場所を飛ぶと、ふたつのアパートメントビルの前に警察がいて、さらにもうひとつの建物の外には検視官の車があった。偶然というものはたしかに存在するし、この規模の都会では毎日相当数の人が死んだり危害を受けたりしているものだ。だが、それにしてもちょっと多すぎる。何かきなくせえことが進行中だ——おれの街で。気にくわねえ、実に気にくわねえ。

　一帯をしらみつぶしに見ていくと、昨日見たのと同じだと思われるガーデンノームたちを別の場所に見つけた。赤い帽子はさらにつやが増している。くそっ、やはりあいつらだったか。まずいことになったぜ。あいつらはしぶとい。放っておけば街を骨の髄までしゃぶり尽くすだろう。

　最も危険な吸血野郎はヴァンパイアだと思っているなら、そいつは間違いだ。たしかに、テレビだの映画だの小説だのに取りあげられてちやほやされるのはもっぱらあいつらだ。だが、あいつらよりずっとたちの悪いのがいる。その連中には色気とか憂《うれ》いのある美貌とかいった、ヴァンパイアが人間たちを魅了する要素はいっさいねえ。

この街に赤帽子《レッドキャップ》が入り込んでいる。やつらはノームに似た小さくて残忍な生き物で、可愛い赤い帽子をかぶっている。ああ、そうだ、いかにも老婦人が庭の花壇に飾りそうな見てくれだ。もし庭にそんな置物があって、そいつが本当は何者かを知ったら、おまえさんはきっとすぐさまハンマーをもってきて、そいつをたたき割るだろう。なぜかって？　あの可愛い帽子の色、何でできていると思う？　血だ。やつらは帽子を常に鮮やかな赤に保つ必要がある。もし血が乾いて鮮紅色じゃなくなったら、やつらは死ぬ。おれに言わせりゃ、大した損失じゃねえが、やつらにしてみれば、そりゃあそんな事態は避けたいわな。だから獲物を見つけて殺す。次々に殺す。毎晩、毎晩、殺す相手がいなくなるまで。

だれかがなんとかしなきゃならねえ。で、だいたいいつもそうであるように、そのだれかはおれになるんだろう。古いビルの屋上にガーデンノームがひとついた。

おれは屋上の端に舞い降り、ガーゴイルポーズで静止する。このノームは女だ。ひげはねえ。丸顔にバラ色の頬、エプロンをつけている。おれはじっと待つ。ふたつの無生物のにらめっこを観戦したけりゃ、これを逃す手はねえぜ。どちらもぴくりとも動かねえ。おそらく彼女の方は日が暮れなければ起動せず、こっちはこっちでもともと動かねえのがガーゴイルだ。たしかにおれはしゃべったり飛んだりできる。だが、それは魔法のおかげで、じっと座ってるのが自然な状態なのさ。

日がとっぷり暮れると、彼女は目を覚ました。固まっていたときの愛らしい笑みが消えると、その頬はさっきまでほどバラ色でも丸くもなくなった。笑顔がしかめ面に変わるのに合わせてえくぼは消え、唇がめくれあがってぎざぎざの鋭い歯が露《あら》わになった。レッドキャップはエプロンから大きなナイフを取り出す。月の光のいたずらかもしれねえが、刃には染みがついているように見えた。

おれの存在には気づいてねえようだ。それはふたつの理由から都合がいい。ひとつに、ふいを衝くことができる。もうひとつは、ここに来たときはいなかったガーゴイルがいることに気づかねえのなら、さほど観察眼は鋭くねえということだ。

レッドキャップが先に動き出すのを待つ。自分のいる場所を確認しているのか、あるいは、これからどうするか考えているのか、じっと突っ立ったままだ。やがて、ナイフをもってねえ方の手で帽子を触る。その手を顔の前にもっていき、血が少ししかついてねえのを見ると、歯の隙間から吐息とも唸りともつかねえ獣的な音を出して、ビルのなかへ入るドアの方へ歩き出した。

おれは羽を広げて飛び立ち、すばやくドアの前に回り込む。「よう、お嬢さん、どこへ行く気だい？」

レッドキャップはぴたりと立ち止まった。本物のガーデンノームに見えるくらい、まったく動かねえ。一瞬遅れはしたが、あのとってつけたような満面の笑みすら取り戻している。やがてそいつは、おれに向かってまつげをぱたぱたさせると、むりやりえくぼをつくった。「あら、だんなさん、あたしこの街に来たばかりでさ。道に迷って自分の庭に戻れなくなってしまったのよ」そう言ったあと、自分が血で汚れたナイフを握っていることに気づき、すばやく背中の後ろに隠した。

「無駄な抵抗はやめな。おまえさんが何者かはわかってる。この街で好き勝手やるのはこのおれが許さねえ」

レッドキャップはふたたびまつげをぱたぱたさせると、スカートをほんの少しもちあげた。とはいえ、短い脚に太ももまで届く長靴を履いてりゃ、見るべきものは特にねえ。どうやらおれはガーデンノームに誘惑されているらしい。仕事柄、たいがいのものは目にしてきたが、これははじめてだ。「だんなさん、ちょっとあたしを助けてくれない？」女は甲高い声でしなをつくる。「あたし、見知らぬ街でひとりぼっちなのよ。あたしみたいな女には友達が必要でしょう？」

「おれはおまえさんがほしがってる類《たぐ》いの友達にはなれねえよ。ご覧のとおり、おれは石でできている。つまり、おれの体には、おまえさんのイカした赤い帽子をつやつやにしとくための血は一滴も流れてねえってことだ。血を調達しにいく気なら、おれをどかしてからいってくれ。悪いが、おれはやたら重たいぜ、石だけにな」

女は鼻をすすって涙をぬぐう仕草をする。そして、その手にナイフを握っていることに気づくと、また急いで後ろに隠した。どうやら映画に出てくる魔性の女たちを参考にしているようだが、残念ながら、おれもそのての映画は見ていて、そういうことをする女はたいてい裏があるのを知っている。

だが、続いて起こったことについては、胸は張れねえな。女にしてやられた。おれが嘘泣きに呆れていたら、女は突如、すぐ横の排気口のなかに飛び込んだ。おれ

はいろんなスキルをもっている。だが、電光石火のスピードが求められる場合、ガーゴイルは最良の選択肢とは言えねえ。おれたちはすばしこさで知られる種族じゃねえ。空中でならかなり自由が利くが、女は地べたを這うようにして回り込んだ。排気口のパイプはおれにはせますぎる。羽をめいっぱい小さく折り畳んでも通り抜けるのは無理だ。おれは飛び立ってビルのまわりを旋回し、開いていた廊下の窓からなかに入った。

次の難題は、このビルのなかでレッドキャップを見つけることだ。悲鳴が聞こえるのを待つという手もあるが、それだとおそらく最初のひとりは助からねえ。すべての感覚を研ぎ澄まし――そこには通常の五感以外のものも含まれる――廊下を飛び回る。さほど下の階までは行ってねえだろう。それがどこであれ、排気口の最初の開口部から出るはずだ。ということは、廊下の左側にいる可能性が高い。案の定、廊下に並んだドアのひとつの内側からすり足で歩くような音が聞こえる。

ドアは施錠されているが――この街の住居の多くがそうであるように複数の鍵でな――おれみたいな輩《やから》にはあまり意味はねえ。魔法が使えるんでね。おれは魔法使いじゃねえが、いくつか技をもっている。ドアの解錠は得意中の得意だ。軽く片脚を振ると、ドアは静かに開いた。

　なかはこの街の多くの人間たちが甘んじて住んでいるワンルームの部屋だった。寝室が居間を兼ねていて、ソファーから立ちあがらなくてもコンロに手が届く類いのアパートだ。人間たちはなんでこんな靴箱みてえなところに住むんだか、おれには皆目理解できねえ。この街には広々とした屋上スペースがいくらでもあるってえのに。

　まあ、それはいい。いま問題なのは、女レッドキャップが部屋にいて、染みのついたナイフを掲げてソファーベッドで寝ている住人の男に迫りつつあることだ。おれは舞いあがり、女の頭上に降下すると、脚でその手からナイフをけり落とした。何が起こったのかと上を見なけりゃ、彼女はそのまま鋭い歯と爪だけで十分獲物を殺せただろう。おれはその一瞬のすきを逃さず、女をつかんで獲物候補から引き離した。

　そうこうしているうちに住人の男が目を覚まし、悲鳴をあげた。おれはすぐさま窓から飛び出し、ビルとビルの間のせまい空間を上昇する。うまくすれば、さっきの男はあのまままた眠りにつき、明日の朝、ガーデンノームに襲われてガーゴイルに助けられるという世にも奇妙な夢を見たことを会社の同僚たちに詳細に語って聞かせて、うんざりされることだろう。このての出来事は、いったん日が昇ると、現実とは思えなくなるもんだ。後日、ソファーベッドと壁の隙間に血のついた錆びたナイフを見つけでもしねえかぎり。

おれはレッドキャップをふたたび屋上に連れていく。だが、逃がしはしねえ。屋上におろすと、そのまま女の上に居座った。「今夜はどこへも行かせねえぜ。おれは夜中に女をひとり置いてとっとと帰るタイプの男じゃねえ。日が昇るまでおまえさんにつき合うぜ」

女は泣き出した。今度のはさっきのような泣き真似じゃなく、本物の涙だ。「だめよ、そんなの！　血が必要なの。でなきゃ、あたし死んじゃうわ！」

「それを言うなら、おれだってちゃんと効くハト除けの魔術が必要さ。だが、おまえさんもおれも今夜は諦めるしかなさそうだな」

レッドキャップはふたたび魔性の女モードに入る。「ねえ、あたしと朝までいっしょにいるんなら、楽しいことしましょうよ」そう言って体をくねらせる。ガーデンノーム風の生き物が体をくねらせて男を誘惑する様なぞ想像できねえというなら、まあ、無理して想像しねえ方がいい。

「やめときな、おまえさんはおれのタイプじゃねえ。ひとつに、おまえさんには羽がねえ。それから、血で生きている。しかも、殺しても肉は食わずに、ただ血を帽子になすりつけるだけだ。それは萎えるぜ。ついでに言うと、網タイツは庭仕事用の長靴には合わねえよ。ま、あくまでおれの意見だけどな」

灯りは暗いが、この街が完全に闇に落ちることはねえ。女の帽子のつやが徐々に失われてくのがわかる。彼女はあがくのをやめた。おそらく体力の消耗を抑えるためだろう。ありがてえことに、しゃべるのもやめた。

一時間ほどたったとき、女は小さな声で言った。「あたし、死ぬわ……」今度はどんな手を使おうとしてるんだか――。映画の冒頭でいかにも純粋無垢な感じで探偵事務所にやってきて、巧妙な嘘泣きを始める女を思わせる。だが、案外、本当にもうそんな余裕はねえのかもしれねえ。

「まあ、それがこっちのねらいだからな」

女はぎざぎざの歯を剝いて唸るように言った。「あんたなんか殺そうと思えば殺せるのよ」

「たとえ殺せたとして、おまえさんにはなんの得にもならねえよ。おれは石でできている。だから血は一滴も流れてねえ。その帽子を塗り直すことはできねえんだ」

「街にはほかにも仲間たちがいるわ」

「ああ、知ってるよ。うちのやつらに当たらせる」

「あんたらにあたしたちを止めることはできやしない」

「ちなみに、うちのやつらってのには魔法使いも含まれる。日中おまえさんたちが過ごす場所を見つけて、そこから動けねえようにすればいいだけだ。いまおれが目の当たりにしていることから察するに、帽子の血が乾くとおまえさんたちは終わりらしいからな」

　レッドキャップはついにおれの脚の下でぐったりした。まだ死んではいねえが、少なくとも諦めたような態度だ。「あんたのお気に入りはだれ？」女は訊いた。

「お気に入り？」

「古い映画の探偵よ。あんたはサム・スペード派？　それとも、フィリップ・マーロウ？」

「やっぱりな。どこかで見たことのある手口だと思ったぜ」

「あんたなら引っかからないと気づくべきだったわ」

「そうだな。気づいてりゃあ、おまえさんがあの人間を殺すのをおれが見逃すわけねえってことも想像できただろうよ。おれはおまえさんのようなやつらから街を守るのが仕事なんでね」

「あんたの瞳に乾杯……」そうささやくと、女は固まり、動かなくなった。

「そいつは探偵じゃねえよ」女にはもう聞こえてねえだろう。朝日が昇ってきた。女の帽子は乾いて鈍い茶色になっている。彼女はふたたびただのガーデンノームになった。茶色っぽい帽子をかぶり、長靴とスカートの裾の間から網タイツがちらりとのぞいている。

おれは彼女の体をしっかりとつかみ、会社に向かって飛んだ。今夜、日が暮れても生き返らなかったら、連中をやるにはひと晩獲物を狩るのを阻止すればいいということになる。近いうちに、若干塗り直しの必要なガーデンノームの特売品をまとめてホームセンターに納品できるだろう。

犯罪の魔法

Criminal Enchantment

この物語は㈱魔法製作所〉シリーズの世界を異なる視点から描きます。シリーズはケイティ・チャンドラーの言葉で語られますが、ここではガーゴイルのサムが語り手です。語られるのは、㈱魔法製作所〉シリーズ第一巻の冒頭より数週間前の出来事です。

気になる動きが視界に入り、確認のため降下する。見間違いでなければ――ちなみにおれが見間違うことはめったにねえ――だれかがよからぬ魔法の使い方をした。魔術は黒魔術寄りで、実際、悪事を働くために使われた。これは魔法界では重大な違反だ。しかも、それがまた実にちんけな犯罪だってのが情けねえ。デリで万引きするなら、セーターの下に品物を突っ込んで店を出るくらいの度胸をもちやがれってんだ。魔法で店主の目をくらませて、両手いっぱいにジャンクフードを抱えて素知らぬ顔で出ていくなんざ、浅ましいにもほどがある。

幸い、魔術はずさんで、断ち切るのはわけなかった。万引野郎からポテトチップスの袋を取りあげる店主の怒鳴り声を聞きながら飛び立つ。おれにとっちゃ、これはあくまで職務の一環。現場にとどまって手柄を主張する気はねえ。

おれの名はサム。種族はガーゴイル。犯罪と戦うのが仕事だ。

まあ、ガーゴイルといやあ、昔はもっぱら教会だけを守ってたもんだが、時代の変化にはついていかなきゃならねえ。長年教会を守ってきた経験のおかげで、おれたちガーゴイルは警備のエキスパートだ。おれはいま、ある会社で警備部の部長をやっている。株式会社マジック・スペル&イリュージョンという会社だが、聞いたことのある人も少なくねえだろう。うちは世界トップの魔法会社で、今日《こんにち》使われている魔術はほぼすべてうちが開発販売している。株価のチェックや手を濡らさずに皿を洗うための魔術を買ったことがあるなら、それは間違いなくうちの製品だ。これだけのシェアをもつと、影響力も半端じゃねえ。ある意味、魔法界のリーダー的存在といってもいい。魔術が悪用されねえよう目を光らすのはリーダーの責任で、つまり、それがおれの仕事だ。

いまの一件はけちな軽犯罪に見えるかもしれねえが、引っかかるのは、この二日間で同じような悪事をすでにふたつ見てることだ。部下からの報告を含めると、数はさらに増える。同じようなと言ったが、完全に同一だと言い直しておく。すべてのケースで、欠陥も含めてまったく同じ魔術が使われている。つまり、だれかがそれを売っているということだ。犯人の目星はだいたいついている。それについては、ある輩《やから》がおおいに興味をもつだろう。

ダウンタウンへ飛び、グラマシーのとあるタウンハウスの窓をたたくと、近くの街灯にとまり心地のいい場所を見つけて待つ。家は無人のようだ。天気のいい八月の土曜の朝ってことを考えれば、まあ不思議じゃねえが、正直、驚いた。よい天気は通常、やっこさんを本から引き剝がす要因にはならねえ。どうやら探しにいかなきゃならねえようだな。追跡はおれの得意とするところ。相手が友人でもそれは同じだ。ふだんの行動形態から、やっこさんの現在のいどころを数カ所に絞り込む。

結果、一カ所目でみごと的中だ。今日は自宅でかび臭い古書を読むかわりに、ストランド（マンハッタンにある独立系の老舗書店）で本の山に埋もれることにしたらしい。オーウェン・パーマーはいいやつだが、私生活の改善が必要だ。相当本に没頭してるとみえて、おれがすぐそばの書棚に舞い降りたのにも気づかねえ。魔法界の住人には見えるよう覆い《ヴェール》は落としてある。首を伸ばし、パーマーが夢中になって読んでいる本をのぞいてみる。やっこさん、いつから建築なんかに興味をもったんだ？　それに、一ページ読むのにどれだけ時間をかけてんだ。

こちとら一日じゅう待つ気はねえんで、咳払いをする。パーマーはびくりとして本を落としそうになった。なんだ、やっこさん、本なんか読んでねえじゃねえか。本の陰に隠れて、フロアの向こう側をこっそり見ていやがった。「サム、どうしたんだよ」パーマーは真っ赤になっておれを見あげてから、それまで見ていた方に視線を戻した。つられてそっちを見る。目に入った光景は、おれの口もとに彫り込まれた笑みをさらにでかくするものだった。へえ、こりゃたまげたぜ。パーマーはセール本のカゴをせっせとほじくり返している若い女を見ていた。

「驚いたぜ、ボス」ちょっとからかってやる。「おまえさんが本屋で本以外を見繕うタイプだとは思わなかったな」

「な、何も見繕ってなんかいないよ」パーマーは言った。やれやれ、その慌て方じゃあ、だれも言葉どおりにゃ受け取らねえよ。「ただ……ちょっと気になって」

「なら、声をかけりゃいいじゃねえか」

パーマーはさらに赤くなった。「何かぼくに用があったんじゃないの?」

「ちょっと報告してえことがある」

「じゃあ、外へ出よう。ここでは話ができない」

パーマーは隠れるのに使っていた本を棚に戻すと、迷路のような書棚の間を通って出口へ向かう。やっこさんが見ていた若い女は、おれたちがそばを通るとき顔をあげた。そして、まっすぐおれの方を向いて二度見をしたが、すぐにセール本に注意を戻した。もちろん、彼女におれが見えるわけはねえ。パーマー以外にはだれにも見えねえように覆い《ヴェール》をまとっている。おそらく彼女はパーマーに目を奪われたんだろう。それをごまかすためにあんな挙動になった。パーマーはそんなふうに人を振り向かせる男だ——当の本人はまったく気づいてねえがな。やっこさんが気になってる相手もやっこさんに目をとめたんだとしたら、あとはパーマーが〝やあ〟とひとこと言いさえすりゃあいいだけだが、マッチメイキングはおれの職務には含まれてねえから、わざわざ教えてやる必要もねえだろう。

近くの教会の庭へ行き、魔術でおれたちふたりの姿を隠す。こうしておけば、だれかがパーマーを見てガーゴイルに話しかけてるとか、ひとり宙に向かってしゃべってるとか思うこともねえ。「で、報告というのは？」パーマーはビジネス仕様のきりっとした顔で言った。さっきの内気な学生みてえな表情は消え、よりＭＳＩの理論魔術課の長《おさ》にふさわしい顔つきになっている。オーウェン・パーマーはおそらくうちの会社で最も有能な魔法使いだ——大ボスを含めてもな。このままトラブルに巻き込まれずにいけば、やっこさんはいずれ社長になるだろう。だからおれはボスと呼んでいる。いまのうちから慣れておこうってわけさ。

「この二日ほど、街のあちこちで気になる魔法行為が見られる。怪しげな魔術がデリで万引きに利用されている。世紀の連続窃盗《せっとう》事件ってわけじゃあねえが、奇妙なのは、使われるのが毎回、同じタイプの欠陥魔術ってことだ」

「つまり、だれかがその魔術を流通させているということだね。単にその場の思いつきで魔法の実験をしているわけではない感じだな」

「同感だ。おまえさんの耳には入れといた方がいいと思ってな」

「その人物の、あるいは動機の見当はついているの？」

おれは鼻を鳴らして羽をひとはたきする。「もちろん犯人の目星はついてるさ。おまえさんもだろ？　ただ証拠はねえ。今度、同じような現場に出くわしたら、万引き犯をとっ捕まえて、二、三質問してみるか」かぎ爪を開いたり閉じたりして、尋問のやり方をほのめかす。

「ああ、イドリスっぽいな。彼は解雇される前、無害とは言いがたいある覆い《ヴェール》の魔術をつくっていた。ぼくの記憶では、欠陥を修正できないまま終わったはずだ。ただ、彼ならそう簡単に足がつくようなやり方はしないと思う。どうやって流通させているんだろう」

「おそらく街角で売ってるんだろうな。タイムズスクエアで観光客相手にセックスの体位がプリントされたシーツを売ってる連中と同じように」予想どおり、やっこさんは消防車より赤くなった。少々意地が悪いが、われらがスーパー魔法使いのどぎまぎする姿を見るのが面白くて、ついついからかっちまうんだな。

「ひとつ入手できないかな」

「体位のシーツをか？」

やっこさんはさらに赤くなる。「魔術だよ。実物を見れば、出どころや対抗魔術《カウンタースペル》のつくり方がわかるかもしれない」

「で、それまではどうする？」

「警戒を続けてくれ。次にその魔術を使おうとした人物を見つけたら、軽く話をしてもらうといいかもしれないな。ただし、友好的にね。ぼくたちはあくまで正義の側でいるべきなんだから。それと、何かほかにパターンのようなものが見えたら教えてくれ。イドリスが何をしているのかわかるまで、こっちにできることはあまりないよ」

おれは羽で敬礼する。「がってんだ、ボス。それじゃ、おまえさんは本屋に戻りな。彼女はまだなかにいるはずだ。それと、勇気を出して話しかけたら、コーヒーの一杯ぐらいおごらせてくれると思うぜ」パーマーは返事のかわりに、おれがすでに誇り高き石彫系アメリカ人でなければ石になっていたかもしれねえ目つきでこっちをにらんだ。


現時点で最も有効なのは、悪党どもの標的になりそうなデリを見張り、犯行が起こるのを待って——必要なら介入し——犯人の足跡をたどる、というやり方だろう。追跡用のいい魔術があるが、使うにはまず相手がそこにいる必要がある。

月曜の朝、警備部の連中を一堂に集めた。疑惑はかなり深まったから、これはもはやフリーランスでの悪党退治じゃなく、正式な業務として当たるべき事案だ。フェラン・イドリスはＭＳＩの元社員で、研究開発部に所属していたが、会社が認めてねえ類《たぐ》いの魔術を開発しようとしていた。もっと言えば、魔法界の国際規約に違反する魔術だ。そのため会社はやつを解雇したわけだが、どうやらその際、開発中の魔術の一部をもち出したようだ。やつを捕まえることは、個人的にも職務のうえでもおおいに満足をもたらすだろう。

部下たちを街に放ってさまざまなデリを見張らせる。おれは前線で指揮をとるタイプのリーダーだから、自分も担当のデリで張り込みを開始する。待つのは苦じゃねえ。石でできてる生き物の特性だ。じっとしてても腕や脚がしびれることはねえし、居眠りしねえようコーヒーをがぶ飲みする必要もねえ。彫られたときの体勢に戻れば、そのままいくらでも座っていられる。唯一の難点は、あまり長く座ってると自分が知覚をもつことを忘れちまう可能性があることだが、そうなるには何年も必要だし、そこまで長い張り込みはそうあるもんじゃねえ。

当たりが出るのに大して待つ必要はなかった。だらしねえ身なりをしたうさんくさい顔つきの男がデリに入っていく。前回とよく似た光景だ。たとえやつがいま追ってるヤマと関係なかったとしても、何かよからぬことをしそうなにおいはぷんぷんするから、あとについて店に入る。

この前の万引き犯と同じように、男は商品を両腕いっぱいに抱えると、そのまま出口に向かって歩き出した。ただ、少なくともこいつはポテトチップスではなく酒を盗むという頭はあるようだ。出口に到達する前に、やつの覆《ヴェール》いを落とす。激怒した店主が男を捕まえて警察を呼んでいる間に、男に追跡の魔術をかけると、淡く光る道筋が男の後ろに現れた。

店を出て、光る道筋をたどっていく。だが、魔術の入手元にまっすぐたどりつけるという期待はすぐにしぼんだ。男はかなりあちこち動き回っている。さっきのデリは、明らかにやつが最初にねらった店じゃなかった。男はその前にふたつのデリに立ち寄っていて、それぞれの店のあとに——おれはやつの行動をさかのぼっているから、おれにとっては前に、ということになるが——同じ立体駐車場に行っている。駐車場にはだれもいなかった。男が戦利品を味わうために来たのか、あとで回収するためにいったん隠しにきたのか、それともだれかに会いにきたのかはわからねえ。

空になったポテトチップスの袋とビール瓶が落ちていたが、この街ではごく普通の光景だ。以前よりきれいにはなったとはいえ、ごみが完全に消えたわけじゃねえ。男が歩いた跡は駐車場じゅうに残っていて、手をつけてないビールが数本隠してあるのを見つけたが、盗んだものはこれだけじゃねえだろう。

　足跡をたどるうち、やがていわゆるローカル色の濃い一角にやってきた。海賊版CDや出どころの怪しい腕時計、おそらく工作のりでくっつけただけの〝デザイナーもの〟ハンドバッグなんかの露店が並んでいる。刑事ドラマなら、犯人を追う刑事のコンビがすべてをひっくり返しながら走り抜けていくような場所だ。だが、これは現実だから、そういうことは起こらねえ。お買い得品を見つけたと思い込んでいる観光客に売人たちが法外な値段をふっかけているだけだ。

　魔法がからんでいると思われるものはまったく見当たらねえ。おれのような輩に不正な取引を見つかりたくねえのはわかるが、客にも見えなかったら商売あがったりだろう。さっきの男は間違いなくこの場所に立ち寄っている。やつの足跡はすべての陳列台を巡っていて、それぞれの前で立ち止まっている。何か買ったか、魔術を使って模造品の腕時計を盗むかしたんだろう。光る道筋はあと一時間くらいはもつ。ここで何が行われているのか少しの間観察することにした。

　近くの街灯にとまって、ふたたび張り込みモードに入る。魔法使いのほとんどは、見た目、普通の人間となんら変わらねえ。マントなんかつけてねえし、星や月のついたとんがり帽をかぶっていたりもしねえ。少なくとも、公共の場ではな。家でどんな格好をするかは連中の自由だ。それでも、たいていそれとわかる特徴がやつらにはある。魔力があると、世の中に対する態度も変わる。魔法使い連中には何か独特の自信というか、ときには傲慢《ごうまん》さみてえなものが感じられる。片手を軽くひるがえすだけで現実を変えられる場合、人は思いどおりにならねえことを我慢しなくなる。性悪な魔法使いほど、その傾向が顕著に出るもんだ。

だが、売る側にも買う側にもそれらしき者は見当たらなかった。やはり、見当違いだったか。やつはただ安いCDを買いにここに来ただけなのかもしれねえ。

光る道筋の追跡を再開するため飛び立とうとしたとき、ロッキーが現れた。ロッキーは警備部のメンバーで、お世辞にも切れ者とは言えねえが、追跡能力にはなかなかのものがある。やつも来たということは、やはりここに何かある可能性は高い。

「よう、サム！」ロッキーはそう言いながら、おれのいる街灯の下の新聞ラックに舞い降りた。「こりゃ偶然だな。なんかあったのかい？」

「ホシの足跡を追ってきたのさ」

「なんだい、おれもさ！　で、何かありそうかい？」

「おそらくな、なんせ、おまえも来たんだから」

「あれ、ほんとだ！　じゃあ、あんたが追ってるやつもここに来たってわけか」

「そのようだな」

「やっぱり時計を買いにきたってことか？」ロッキーは訊いた。

「時計？　ばか、魔術を買いにきたんだろうが」

「でも、魔術を売ってそうなやつはいないぜ」

「ああ、そこが問題なんだ」

　まもなくまた別のガーゴイルが現れた。ロッキーの相棒、ロロだ。ロッキーが切れ味としてはバターナイフレベルだとしたら、ロロはゴムべらレベルといったところか。だが、粘り強さにかけてはやつの右に出るガーゴイルはいねえ。追うと決めた相手は地の果てまで追うし、見張れと言われれば、同じ体勢のまま何週間でも飽きることなく見張り続ける。ロロもだれかを追ってここへ来たんなら、いよいよこの場所に何かある可能性は高まった。

「よう、ロッキー、サム、ここで何やってんだい？」ロロは腹の底に響く低い声で言った。「てっきり悪党を追っかけてんのかと思ってたよ」

「追っかけてたらここへ来たのさ」おれは言った。

「そりゃ偶然だな。おれの追っかけてるやつもここに来たぜ。連中、音楽が好きなんだな。ここではどんなCDを売ってんだい?」

羽で頭のてっぺんをたたいてやりたくなったが、それをぐっと堪《こら》える。「おれはほかにも売ってるものがあると踏んでる」辛抱強く説明する。ガーゴイルは一般的に、頭の回転はさほどはやくねえ。おれみてえのは例外だ。「だが、それらしきものは見当たらねえ。おそらく、顧客にだけ見えるよう魔法で隠してるか、たまたまいまいねえかのどっちかだろう。もう少し先までたどってみた方がいいかもしれねえな」

光る道筋をさらにたどったが、めぼしい発見はなかった。その後、警備部のガーゴイルたちには行き会わなかったし、万引き男もコーヒーショップに寄って、アルファベットシティーの再開発から逃れた一角にあるアパートに帰っただけだった。

そうなると、やはり怪しいのはあの違法マーケットだ。あのなかに魔法使いの売人がいたはずだ。マーケットに戻り、本腰を入れて張り込みを再開する。日が暮れると、露天商たちは皆、陳列台を片づけてどこかへ行った。それを見届け、おれもいったん引きあげることにする。翌日、朝一でマーケットに戻ると、コーヒーのスタンドが通勤客相手に忙しそうにしていたが、露天商たちの姿はまだなかった。

九時ごろ、ようやく男がひとり、箱を積んだ台車を押してやってきた。台車には折りたたみ式の陳列台がしばりつけてある。慣れた手つきで台を設置して商品を並べはじめる。古本か。こいつは有力な容疑者だな。魔術と本は相性のいい組み合わせだ。自分の覆い《ヴエール》が魔法使いに対しても有効であることを確認してから、男の近くに舞い降りる。

本は、非売品の書評用の献本や、コピーした表紙を貼りつけたペーパーバック――おそらく書店が廃棄したものをくすねたんだろう――なんかで、魔術とおぼしきものは見当たらねえ。魔術はたいていパンフレットや小冊子の形で売られる。本の間に挟んであって、頭が切れて、かつ然るべき魔力を備えた者には、それが何かわかるというしかけなのかもしれねえ。もしそうなら、おれにはその然るべき魔力がねえってことになる。おれに見えるのは売れても著者の懐《ふところ》には一銭も入らねえ本の山だけだ。

どんなやつが来て何を買うかが見どころだ。いまのところ男は暇そうにしている。

立ち止まって品物を見ようとする者すらいねえ。午前も半ばにさしかかると、ほかの露天商たちもやってきて陳列台の設置を始めた。昼前、古本売りの男は本を片づけると、通りから出ていった。

おれは男のあとをつける。男はほかの場所で商売をすることもなく歩き続けると、やがてイースト・ヴィレッジの端にある薄暗い店舗のなかに入っていった。窓ガラスは汚れていてなかは見えず、男が営業中の看板を出すこともなかった。二時間ほど店の外で張っていたが、だれもやってこねえし、男も出てこなかった。

会社に戻り、パーマーのオフィスへ行って今朝見たことをひととおり報告する。「結局、空振りになる可能性もなくはねえが……」最後に言った。「うちの連中もあの一角に来たってことはやっぱり引っかかる。で、あのなかでいちばんくさいのはあの古本売りだ。このまま監視を続ける価値はある。しっぽを出すかどうかはわからねえがな」

パーマーは眉間にしわを寄せてうなずく。「やはり検証部を呼ぶべきかもしれないな。何か隠されていた場合、彼らならすぐにわかる。時間の大幅な節約になるよ」

「何を探せばいいかちゃんと理解してればな。あいつら、魔術がそこにあっても気づかずに、それにつまずくような連中だ。いや、その前に歩道の縁につまずいて転んでるな」魔法に免疫をもつ者はこういうときすこぶる有用だ――理論上は。連中には魔法が効かねえ。だから、めくらまし《イリュージョン》の後ろにある真のあり様が見える。魔法使いが魔法の使用を隠すために何をしようが、免疫者《イミューン》にはいっさい通用しねえ。ただ問題なのは、真のあり様を見ることが精神の健康にとってよくねえことだ――妖精やエルフがこの世にいることを知らねえ者にとってはな。おれたちが免疫者《イミューン》を発見するときには、皆たいてい気の触れる一歩手前まできていて、自分の目を信じねえようになっている。そうなるともう犯罪対策上、致命的だ。自分が見たものが現実だったのかどうかわからねえんじゃあ、証人として役に立たねえ。

　とはいえ、ほかに選択肢があるわけでもねえ。「とりあえず、おれは監視を続ける。おまえさんはだれかをあの場所へやるよう検証部にかけあってくれ。古本売りは朝早くやってきて昼前にはいなくなる。イースト・ヴィレッジの店の方にも見張りをつける。あっちにも免疫者《イミューン》を行かせた方がいいな」

「いまのところ古本売りをマークするのがいちばん可能性がありそうだね」パーマーは言った。「彼がどこで魔術を仕入れているのかわかれば、製造元にもたどりつけるかもしれない」

オフィスを出る前にやっこさんをちょいとからかってやる。「ところで、土曜はあのあと、書店の彼女とはどうなった？」

「え、なんのこと？」パーマーはとぼけようとしているようだが、首から上がみるみる赤くなっていく。

「話しかけたか？」

「まさか！」

おれはパーマーの後頭部を羽の先で軽くたたいた。「どうしてさ、あんなにガン見してたじゃねえか」

「ぼくが店内に戻ったときにはもういなくなってたよ。それに、あんな場所で見知らぬ男が声をかけたら気味悪がられる」

「ガン見はいいのか」

頬の赤みがさらに濃くなる。「そんなに長く見てなかったよ。何を読んでいるのか興味があったんだ。それに、彼女が人に見せる笑顔の感じがとてもよかったから」

おれは頭を振る。「やれやれ、このヤマがおまえさんほどお手上げじゃねえことをせつに願うぜ」

翌日、早朝から同じ場所で張り込みを開始する。まもなく古本売りの男がやってきて、商売の準備を始めた。知っている免疫者《イミューン》は見当たらねえ。検証部の部長グレゴールがいつもどおりのグレゴールなら、例によってなかなか連絡がつかず、仕事を頼んでもなんだかんだ理由をつけてぐずぐずと腰をあげねえだろうから、だれかが来るとしたらはやくても明日の朝だろう。

ようやくひとり古本の台に近づく者が現れた。おれは近くに寄って様子を見る。客はいじけた落伍者《ルーザー》のイメージにみごとにあてはまる男で、いかにも魔力を意義のある人生を送るためじゃなくデリで万引きするのに使いそうな感じだ。男はかなり時間をかけて本を眺めている。覆い《ヴェール》を落とすよう目配せしたり、合い言葉を言ったりする様子はねえ。やがて一冊ペーパーバックを手に取ると、くたびれたキャンバス地のメッセンジャーバッグに突っ込んだ。

さて、このまま男を追うべきか、それともやつがどこから来たかを追跡すべきか。とりあえず、男にここまでの道筋を露《あら》わにする魔術をかけてから、少しの間あとをつけてみることにした。男はコーヒースタンドに寄ってコーヒーを買うと、そのまま公園へ行って買った本を読みはじめた。

男が読書するのを見ていてもあまり意味はねえから、違法マーケットに戻り、やつが来た道筋をさかのぼることにした。古本売りのところまでは地下鉄の駅からまっすぐ来ていたが、光る道筋はそこで途切れていた。この魔術は電車で移動した経路まで示すことはできねえ。どこかでまた道筋が現れるのを期待して、とりあえず地下鉄の線路に沿ってしばらく飛んでみる。男の足跡が途切れた駅を通る複数の路線が分岐するところまで来たが、そこまでのどの駅にもやつがいた形跡は見つからなかった。街の上空を飛び回って光る道筋を探すこともできるが、運よく見つかるまで魔術がもつ可能性は低い。

それにクイーンズには行きたくねえ。

露天商のいる通りまで戻ると、古本売りはもういなかった。公園へ行くと、本を買った男はまだベンチに座っていた。何を読んでるのか知らねえが、ファンタジーにしろ、黒魔術のマニュアルにしろ、相当面白いに違いねえ。

このまま男を見張って自宅まで追跡するつもりでいたが、一時間ほどたったとき別の場所で同じ魔術を使った窃盗事件が発生したという緊急連絡が入った。だれが売ってるのか知らねえが、そいつは魔術を改良してはいねえようだ。もしくは、客がもってたのが古いバージョンだったってことだ。魔術は呆れるほど簡単に遮断できたらしい。

今回は現場に急行し、人間の警官に姿を変えて——けっこう難しいめくらまし《イリュージョン》だが、まずまずの出来だったぜ——窃盗犯を現行犯逮捕した。サービスでおれの真の姿をちょっとだけ見せてやってから、会社へ移送する。

所持品検査では、魔術が解かれる前に隠したチョコレートバー以外、特に証拠となるようなものは見つからなかった。魔術の小冊子も、怪しげなペーパーバックもねえ。「で、どう思う?」取調室のガラス越しに男を見ながら、おれはパーマーに訊いた。「おまえさんはいい警官と悪い警官、どっちがいい?」

「どちらかをやらなきゃだめなの?」

「この男がすんなりしゃべると思うか?」

「百戦錬磨の常習犯には見えないけどな。内心かなり怯えているようだし、この状況から脱するために素直に協力するような気がする」

「もっと怯えればさらに素直になるんじゃねえか？」

パーマーはやれやれという顔でこっちを見ると、頭を振って言った。「とりあえず穏やかに始めよう」

「じゃあ、おまえさんはいい警官ってことだな」

取調室に入り、おれは盗っ人の正面に並んだ椅子のひとつの背にとまる。パーマーはおれの隣に座り、テーブルの上で両手を組んだ。男は薄ら笑いを浮かべる。

「なんだよ、あんたら。魔法界の警官か？」

「いや、違う」オーウェンは言った。「きみは運がいい。彼らならこんなていねいな扱いはしてくれないよ。われわれはきみが万引きに使った魔術をどこで入手したのか知りたいだけなんだ」

「どうして？　あれ、ひどい魔術だぜ？」

「そのとおり。質の悪い魔術が市場に出回るのはよくない」

「つまり、泥棒を質の悪い魔術から守ろうとしてるってわけか」

「すべての人を質の悪い魔術から守ろうとしているんだ。現時点では簡単に阻止できる窃盗用の魔術かもしれないけれど、この先、罪のない第三者に危害を及ぼすものにならないともかぎらない」

男は肩をすくめる。「試しにちょっとつくってみただけだよ」

パーマーはにっこりした。「それは信じがたいな」

「なんでだよ。おれがあんたみたいなでかい企業に勤める魔法使いじゃないからか？　魔術がつくれるのは自分だけだと思ってるなら大間違いだぜ」

「その魔術が街のあちこちで使われているからだよ。もしきみがつくったのなら、われわれは首謀者を捕まえたわけだから、このまま評議会《カウンシル》に引き渡すことになる」

これは効き目があったらしい。椅子の背にだらしなくもたれていた男は慌てて背筋を伸ばした。「おい、ちょっと待てよ。違う、おれじゃない。おれはつくってない。買ったんだ。まったく、とんだ金の無駄だったぜ」

「そう思うなら、それを売った者に義理立てする必要もないよね。きみを食い物にしたわけだから」

男がねえ頭を懸命に働かせてるのがわかる。オーバーヒートして煙があがるのが見えるようだぜ。「ええと、ああ、そうだな」

「もしかして、その人物を恐れているのかい？」パーマーは優しい口調で訊く――

誠実さの塊みたいな大きな青い瞳で男を見つめながら。

「知らないやつのことは恐れようがねえよ。おれは露天商から買っただけだから。通りに台を出してる男だ」

「そこへ行けば買えるとどうして知っていた？」

「ダチから情報をもらった。そいつが場所の地図と、ブツを見るための鍵をくれた」

おれはパーマーと顔を見合わせる。そうそう、そういう話が聞きたかったのさ。

「その地図と鍵はいまもってるかい？」パーマーが訊く。

「いや、別のダチにやった」男はそう言うと笑った。「あいつも無駄金使わされるな」

「きみに地図と鍵をくれた友達はどこでそれを手に入れたか知ってるかい？」

「ただ見つけたって言ってただけだ。それ以上のことは聞いてない。然るべき連中とつき合ってりゃ、そのてのものは自然に回ってくんだよ。ダチの名前は言わないから訊いても無駄だぜ。おれは密告屋じゃないからな」

悪態をつかねえパーマーの辛抱強さは見あげたもんだ。かなりいいところまできているが、まだ決め手となる情報がねえ。とりあえず検証部の免疫者《イミューン》が何か見つけるのを待つしかなさそうだ。

翌朝は、古本売りや検証部の免疫者《イミューン》が来たときにすでに動ける態勢ができているよう、かなり早く現場へ行った。古本売りはなかなか現れず、免疫者《イミューン》の方が先にやってきた。ロウィーナか……。検証部が彼女をよこしたことを果たして喜ぶべきか、それとも憂《うれ》うべきか。ロウィーナは浮世離れしたかなり危ういヒッピー女で、ふだんの検証の仕事では使いものにならねえことが多い。だが今回は、そういうキャラがこの古本売りの客層にうまくあてはまる。まあそれも、肝心の古本売りが現れなけりゃ意味がねえが。

CDやハンドバッグを売る連中はすでに商売を始めている。ロウィーナはCDを一枚一枚じっくり見ている。彼女の場合、時間を稼ぐためにそうしてるのか、ここに来たそもそもの理由を忘れてるのか、定かじゃねえ。

ようやく古本売りが現れた。だが、ロウィーナは依然として熱心にCDのレーベルを読んでいる。これも、すぐに動いて怪しまれねえための作戦なのか、それとも古本売りが来たことに気づいてねえのか、わからねえ。ひとこと声をかけるべきか考えていたら、ロウィーナはCDの台から離れてふらふらと古本売りの方へ行った。

ロウィーナはCDのときと同じように本をじっくり吟味していくが――一冊手に取ってはカバーに書いてあることをすべて読んでからぱらぱらとページをめくる――古本売りは彼女にほとんど注意を向けねえ。おそらく特別な客なら例の鍵とやらを見せるはずだから、それをもってねえ彼女はただ本を見ているだけだという判断なんだろう。

ロウィーナがようやく台に並んだ本の最後の列に着手すると、男は若干そわそわしはじめた。もっともそれは、彼女がひとこともしゃべらずただ黙々と本をチェックしてるのが少々不気味だからかもしれねえが。ここから見ているおれでさえ、彼女の任務を知っているにもかかわらず、〝なんでもいいからさっさと買え！〟と叫びたくなってくるくれえだ。

そのとき、これまで見てきた万引き犯たちと同じようなタイプの男が通りに入ってきた。目的がはっきりしているのか、早足でやってくる。古本売りの表情がぱっと活気づいた。男を知っているか、このタイプになじみがあるかのいずれかだろう。男は少し手前で立ち止まった。そのまま行くべきか否か迷っているように見える。

古本売りは、そいつと、相変わらず本のカバーを読み続けているロウィーナとを交互に見る。ロウィーナがこの状況に気づいてねえのか、それとも気づいてねえふりをしているのかはわからねえ。いずれにしろ、古本売りのいらいらがどんどん増していることは、彼女にまったく影響を与えてねえようだ。たいていの人はとっくに立ち去っているか、買うものを決めているころだが、ロウィーナはみじんもプレッシャーを感じることなく自分のペースを貫いている。

ついに最後の一冊を見終わると、ロウィーナは顔をあげて古本売りに笑いかけ、ひらひらした薄いスカートをひるがえして、指に巻き毛を絡ませながら歩き出した。一瞬、古本売りが陳列台を飛び越えて彼女の首を絞めるんじゃねえかと思ったが、男は拳《こぶし》を握り、二度ほど深呼吸すると、台に向かってくる客の方に注意を向けた。

何を見たかロウィーナに確認してえが、この客との間でどんなやりとりがなされるのかも見ておきてえ。ロウィーナにはあとからでも話は聞ける。まあそれも、あの女がひとりでちゃんと会社に帰り着ければの話だが。

覆い《ヴェール》をチェックし、免疫者《イミユーン》以外にはだれにも見えねえことを確認して、街灯の上から陳列台の横の地面に舞い降りる。台のそばにもう少し高い場所があればよかったんだが——地べたからじゃほとんど何も見えねえ——少なくともふたりの会話は聞ける。

客は台の上に身を乗り出す。古本売りに何かを見せているようだ。おそらく、捕まえた万引き犯が言っていた鍵とやらだろう。「今日はあまり手もちがないんだ」古本売りは言った。「何か特に探してるものでも?」

「新しいのが入ったって聞いて」客は辺りを見回してから言った。見るからに怪しい。全身からうさんくささがにじみ出ている。こいつになら、たまたま通りかかった魔力をもたねえ普通の警官でも足を止めて職務質問するだろう。「もっと強力なやつが」

事情を知らなければ、麻薬《ドラッグ》の話だと思っただろう。もっとも、案外そうなのかもしれねえ。この古本売りが違法魔術を売ってるという確たる証拠はまだねえ。いずれにしろ、やつの本業が合法性に疑いのある本の販売じゃねえことは間違いねえな。

「新しいのが出るっていう話は耳にしてる」古本売りは言った。「ただ、現物はまだ見てないし、直接言われたわけでもない。ほかを当たってみたらどうだ?」

客はがっくりと肩を落として、「なんだ、そうか」と言った。やっぱりドラッグの話なのかもしれねえ。「じゃあ、ほかを当たってみるよ」両手をポケットに突っ込み、いかにも大儀そうに歩き出す。

古本売りはやけに大きな咳払いをしたが、客は気づかねえ。古本売りは腹立たしげに声をあげた。「よう、何か忘れてんぞ」

客はきょとんとしてポケットを探ったが、ようやく話の続きがあることを察したらしく、古本売りの方に戻ってきた。「なんだ、おれ、何を忘れた?」

古本売りは周囲を見回してだれも聞いてねえことを確認すると、紙切れに何かすばやく書きつけ、客の男に渡した。「これを落とした」少々大きすぎる声で言う。それから、声を落とし、弾丸のような早口でつけ加えた。「おれのサプライヤだ。新しいのが出たら街に出回る前にまずこいつの手に入る。ただし、おれから聞いたことは言うなよ。パスワードはガンダルフだ」

話を理解するのに若干時間を要したようだが、やがて客は言った。「ああ、どうも」そして、相変わらず行き先の決まってねえような足取りで去っていった。

おれは男のあとをつけるために舞いあがる。だが、男の歩調がのろすぎて、先へ行っては旋回して戻るというのを繰り返さなきゃならねえ。こちとらそこまで低速で飛ぶようにはできてねえんだ。やつの目当てが結局ドラッグだったら心底頭にくるが、いまのところ探しものが魔術じゃねえという確証もねえ。それに、もしやつが食物連鎖をさかのぼってるんだとしたら、これはラッキーな突破口になる。こうなると、ますますロウィーナが何を見たのか知りてえところだ。何も買おうとはしなかったから、あそこに魔術はなかったのかもしれねえが、鍵をもってねえからそうしなかった可能性もある。

おれの体に電話を入れておくポケットはねえが、おれなりのやり方で電話は携帯している。耳をタップしてイヤフォンを起動させ、パーマーに電話した。「ロウィーナは戻ったか?」

「戻ったという連絡は受けてないよ」パーマーは言った。

「ま、たとえ寄り道してなくても、さすがにちょっとはやかったか。彼女と連絡は取れるか?」

「携帯電話をもっているなら取れると思う。どうして?」

「彼女がいるときに別の客が現れたんだが、目当てのものがなかったらしく、売人は自分のサプライヤを紹介した。いま、おれはその客を追跡してる。ロウィーナが何を見たのかわかれば動きやすい」

「わかった。ちょっと待ってて」

〝イパネマの娘〟の前奏が終わらねえうちに、パーマーは電話口に戻った。「ロウィーナは携帯電話をもっていないようだ。少なくとも会社が番号を把握しているものは。以前は会社支給のものをもっていたんだけど、なくしてしまってそれっきりらしい」

「じゃあ、会社に戻ったらすぐに捕まえて、何を見たか聞き出してくれるか。さっきの彼女の様子からだけではなんとも判断がつかねえ。まったく、ちゃんと仕事ができるまともな免疫者《イミユーン》がひとりくらいいいねえもんかね」

「残念ながら、それは形容矛盾と言わざるを得ないな」

パーマーとの会話に気を取られて、危うく歩く速度をあげた男を見失うところだった。ベーグル屋に向かっているようだが、魔法で窃盗を働くつもりなのか、ただ炭水化物がほしくなっただけなのかはわからねえ。見ていると、男は店には入らず、事務所が入っている上階への入口から建物のなかに入った。

思わず、上品な連れがいたら口にすべきじゃねえ言葉を吐く。ドアは通常、おれにとって障害にはならねえ。たとえ鍵がかかっていてもだ。だが、覆《ヴェール》いで身を隠しつつだれかを尾行してるとなると話は別だ。たとえこっちの姿が見えなくても、ドアがひとりでに開けば、何かあると思われる。だれかが入るときに後ろにくっついていくのがベストだが、そうするには男とは距離があったし、ほかにこっちへやってくる者も見当たらねえ。

　開いてる窓を探すが、この建物は空調機能のついた比較的新しいやつで、窓はすべてはめ殺しだった。しかたねえ、ここは少々リスクを冒すとするか。なかに入った男がドアから十分離れたであろうころ合いに、ドアの開閉に気づかれねえことを祈りつつ、羽をさっとひるがえして、自分がかろうじて通れる分だけ開けた。そして、すばやくなかに入り、できるかぎり静かにドアを閉める。

　どうやらツキはあった。男はエレベーターホールの前で警備員に止められ、話をしている。両者ともドアの開閉には気づいてねえようだ。まともな警備員ならだれだって迷わずこの男を追い出すはずだが、やつは警備員に魔法をかけたか、入館を可能にする何かをもっていたかしたんだろう。警備員はボタンを押してエレベーターホールに入るためのゲートを開けた。おれは男の頭上を越えていき、いっしょにエレベーターに乗り込む。

　やや威厳に欠けるが、羽をたたみ、エレベーターの天井の格子からコウモリのようにぶらさがる。これが、男がエレベーターから出るとき最もはやくあとを追える体勢だ。床から飛び立つのは時間がかかるし、エレベーターのなかにとまり木がわりになるような場所はねえ。

　男は二度ほど周囲を見回した――ひとりじゃねえ気がしているように。おれの覆《ヴェ》い《ール》はかなりレベルが高いが、そういうものが存在することを知る魔法使い連中に対しては絶対確実とは言い切れねえ。疑いをもって注意を向ければ、見えねえ相手の存在を感じることはできる。この男がそこまで切れるとは思えねえが、おれの体重で格子が曲がらねえことを祈りつつ、できるだけ息を殺す。幸い、目的のフロアまではほんの数階だ。男がおれの方を向くことはなかったから、悪事を企んでるせいで神経質になっているだけかもしれねえ。

　それでも、エレベーターが止まり、ドアが開いたときは、十分に慎重を期した。おれが先に出て、万一、男がなかに残れば、やつを見失うことになるし、男が出るのを長く待ちすぎれば、おれが降り遅れる。かといって、あまりはやく動けば気づかれる可能性がある。いずれにしても成功する確率はごくわずか、こっちが圧倒的に不利な状況だ。だからこそ、おれは高い給料をもらってる。男に触れないように羽を広げ、飛び立つ準備をする。そして、やつが動いた瞬間、格子を放し、大きくひと羽ばたきして、せまい廊下へ舞い出た。

これはハイエンドのオフィスビルじゃねえ。ほかの街ではたいてい、このてのビルには、他人の不幸を食い物にして商売してるやつや、車庫兼事務所からなんとか脱したばかりの連中が入ってるもんだが、ニューヨークだと、このレベルなら大手の事務所に属してねえ弁護士や会計士なんかの事務所になる。廊下の壁に羽をこすらねえよう気をつけながら飛ぶ。窮屈《きゅうくつ》だが、薄汚れた古いカーペットの上を歩くよりはずっといい。染みの正体がなんらかの体液じゃねえという保証はねえからな。廊下に面したドアにはどれも窓がついているが、曇りガラスになってるか恐ろしく汚れてるかのどっちかだ。

男はあるドアの前で立ち止まった。表札はなく、番号があるだけだ。男はポケットから紙切れを出し、目を細めてそれを見ると、ドアをノックした。おれは近くにある消火器ケースの上にいるので、メモの内容までは見えねえが、おそらくさっき古本売りが渡したものだろう。

ドアの向こう側から声がした。「どなた?」

男は言った。「ええと、ガンダルフ?」

ブザーに続いて、ドアが解錠されるカチャッという音がした。男はドアを開ける。おれは男の後ろについていてなんとかなかに滑り込んだ。閉まるドアに挟まれないよう急いで羽を引いたせいで、いささか納得のいかねえ着地になったが。

そこは窓のない小さな事務所で、ひどく散らかっていた。これに比べたら、パーマーのオフィスは工業用クリーンルームだ。壁際や椅子の上に箱が山積みになっていて、机や本棚には本が無造作に積み重なっている。机の上には本のほかに大量の紙もある。ただし、紙の山と言ったら正確じゃねえ。紙がぶちまけられている、と言うべきだ。この部屋には秩序というのものがまったくねえ。

一回だけさっと羽ばたいて——紙が風圧で動かなかったことを祈る——床の上から本の山のひとつに移動し、少しましな視界を確保する。

正直言うと、ここで主犯に行き着くのを期待していた。だが、違ったらしい。少なくとも、おれが疑ってたやつじゃあねえ。事務所の主は知らねえ男だ。地味を絵に描いたような男で、もし通りですれ違ってたまたま目に入ったとしたら、会計士だと思っただろう。ちょっと怪しい小さな会社を顧客にもつタイプ――マフィアの仕事をするほどのタマじゃねえが、母親の税務処理を頼もうとは思わねえ類いの会計士だ。ひとつ目のボタンを外した半袖のワイシャツ。首もとを緩めて横にずらした時代遅れの幅広のネクタイ。薄くなった髪は整髪剤でぴったりなでつけてある――すべての髪が決まった位置に張りついていれば、たくさんあるように見えるとでも思ってるかのように。これでテープで補修した太い黒縁の眼鏡をかけていれば、おんぼろ事務所の経理屋のイメージにぴったりだったんだが、惜しいところだ。

もっとも、机の上に散らばっている書類は簿記用紙のようだし、本の一部は台帳だから、この男はまさにそれなのかもしれねえ。コンピュータは見当たらねえから、かなり昔気質のってことになる。問題は、副業で違法魔術を売っているかどうかだ。ここには魔法を思わせるようなものは見当たらねえし、おれの魔法探知レーダーに引っかかるものもねえ。案外、この客は財務の相談に来ただけかもしれねえな。

「どんなご用件で?」会計士は言った。

「あ、ええと、あんたの売人にここへ来るよう言われたんだけど」

「鍵は？」

なるほど、〝財務の相談に来ただけ〟説は撤回だ。鍵を求めたのは、こいつが違法魔術の取引に関わっていることの明白な証拠だ。

客の男は首にかけている紐をつかみ、シャツの下から小さな鍵を引っ張り出す。

男が鍵をシャツのなかに戻そうとすると、会計士はさっと片手を振った。魔力の高まりを感じたと思ったら、紐の結び目が勝手にほどけて、鍵が外れ、そのまま会計士の手のなかへ飛んでいく。会計士は鍵を念入りに調べはじめた。魔法を使ってテストしているようだ。「本物のようだな。でも、どうしてわたしのところに？」

「あんたがいちばん先に魔術を入手するんだろ？」

「たしかに魔術はわたしを通して販売業者に渡るが、それはきみがここへ来たことの説明にはならないよ」

「新しいのが出るって聞いたんだ。でもまだ街には出回ってない。それに、間にいるやつらをすっとばせば、その分はやく手に入るだろ？　で、あるの？」

「まだ販売できる段階にはない」

「別に無害なものに見えるようカモフラージュされてなくてもいいよ、デフォルトの状態で。あんたがおれにそれを売るところはだれも見てないんだし」

おれの覆い《ヴエール》が音にも有効なやつでよかったぜ。さもなきゃ、鼻で笑ったのがふたりに聞こえていたところだ。のんきなもんだぜ。悪事を働く魔法使いは、まずは魔法でこっそり侵入してるやつがいねえか確かめそうなもんだが、このふたりが大芝居を打ってこっちをはめようとしてるんでもねえかぎり、おれがここにいることにはまったく気づいてねえようだ。免疫者《イミユーン》を雇うのはまさにそのためだ。どんなにイカれかかった免疫者《イミユーン》でも、最低限、部屋の隅の本の上にガーゴイルがいるが大丈夫か、くれえのことは訊くだろう。こいつらはそんな基本中の基本の安全対策すら施してねえ。

会計士はちらっとまわりを見たが、それは安全対策上のルーティンというより、不正な取引を行う際の条件反射的な行動だろう。自分の事務所にいながら人目が気になるくれえなら、ちゃんと魔力を使って確認すりゃあいいものを。会計士は目視で満足したらしく、男に鍵を返すと、立ちあがってポケットからキーホルダーを取り出し、いくつもの鍵のなかからひとつ選んで、机のいちばん上の引き出しを開けた。

おれのいる場所からは引き出しの中身は見えねえ。何かフォルダーのようなものを開いたのはわかった。会計士は目をあげてもう一度男を見ると、眉間にしわを寄せる。そして、なんらかの結論に至ったような顔になった。「ちょっと高くなるよ」会計士は言った。「本当はまだ売ってはいけない品だ。練習するのはかまわないが、土曜までは使わないでくれ。予定よりはやく使用が目撃されたら、出どころがばれてしまう。連中がわたしのところに来たら、わたしもきみを逃さないからそのつもりでね。土曜まで待っても、きみが人より先を行っていることにかわりはない」

男は張り切ってうなずく。「ああ、いいよ、全然。ほんの二日ばかりだし。それに練習した方がうまく使えるだろ？　みんながようやく買い出したとき、おれはもう使えるってことだもんな。取り締まりが始まる前にいい思いができるってわけさ」

会計士の顔色がさっと変わり、フォルダーがぱたんと閉じた。「取り締まり？」

男は顔をゆがめる。おそらく心のなかで自分の頭を小突いているはずだ。「いやさ、あの盗品を隠す魔術、ちょっとあちこちで使われすぎて、捕まったやつが少なくともひとりはいるって聞いたからさ。どうやらＭＳＩが目をつけたらしい。それもあって新しいのを使いたいんだ」

会計士のもともと青白い顔からさらに血の気が引いた。「MSIが?」

「そうビビんなって。あんたのところまで来やしないから。下手な使い方をしたまぬけな連中がたまたま見つかっただけだ」

ふうん、まぬけ、ね。部屋のなかで魔法が使われてねえかチェックもせずに違法な魔術の取引をしようとしてるやつがよく言うぜ。

会計士は依然として眉間にしわを寄せたままふたたびフォルダーを開き、紙を一枚取り出して、机の後ろの旧式のコピー機まで行った。のっていた本の山をどかし——露店で売られていたようなペーパーバックだ——コピー機のカバーをもちあげ、ガラスの上に紙を置く。コピーを一枚取り、原本の方をフォルダーに戻して引き出しにしまい、鍵をかけると、最後に、「では、百ドルいただく」と言った。

「百ドル?　冗談だろ?　この前買ったやつは二十ドルだったぜ?」

「これまでのはそうだ。今回のは五十ドルで市場に出る。きみははやく手に入れるからその分高くなる」

「五十ドル分もはやくはないだろ」

「じゃあ、土曜に売り出されてから買えばいい」

「おい、待てよ！」男は椅子から半分立ちあがり、机の上に身を乗り出して紙を取ろうとしたが、すぐにそれは賢明な態度じゃねえと気づいたようだ。会計士は一見おとなしそうだが、違法魔術の闇取引に関わっている。客の男はどすんと音を立てて椅子に腰を落とすと、ひざの上で両手を組んだ。「つまり、払うけど、そんな大金キャッシュでもち歩いてないって意味だよ」

「小切手やクレジットカードは受けつけないよ。現金だけだ」

男は財布を取り出す。「ええと、いまはキャッシュで四十五、四十六、四十七ドルしかない。残りは腕時計でどう？　少なくとも五十ドルの価値はあるよ」

「では、それを質屋にもっていって五十ドルの現金にかえてきてくれ」

「それか、あんたに預けとくってのはどう？　金はある。ＡＴＭに行っておろせばいいだけなんだ」

「では、現金をおろしてもってきたらいい。魔術は逃げやしないよ」

会計士はボタンを押してドアを解錠した。男は現金がなければどうにもならないことを悟ったらしく、部屋を出ていく。ここは男を尾行するより事務所に残る方が得策だろう。戻ってくることはわかってるから、わざわざやつにくっついてドアを出入りするリスクを冒す必要はねえ。男が戻るまでこの会計士を観察してればいい。

会計士はコピーの方も引き出しにしまい、仕事に戻った。やはり本業は会計のようだ。若干調子っぱずれな鼻歌を歌いながら仕事をしてるんで、こっちもあまり躊躇せずに動き回れる。問題は、目を引くものが特にねえってことだ。魔法関連の取引を示すようなものはまったく見当たらねえ。何かあるとしたら、あの鍵のかかった引き出しのなかだな。本の不正な販売に関してなら普通の警察にこいつをしょっ引かせることはできるだろう。どうやらここで本に魔術の手引きをはさみ込む作業をしているらしく、書店が廃棄したペーパーバックが大量にある。だが、この男が違法魔術の取引をしている証拠や魔術の入手元を示すようなものはいっさいねえ。

会計士は仕事の手を止めて顔をあげ、眉をひそめた。もしおれの心臓が普通の人間のそれだったら、おそらく発作を起こしていただろう。魔力をもつ生き物は、何もしてなくても常に一定量の魔力を放出している。それがなけりゃ、おれはただのものすごくハンサムな石の塊だ。加えて、おれはいま姿を消すためにそれなりの量の魔力を使っている。魔法使いがその気になって注意を向ければ、おれの存在を感知するのは十分可能だ。

会計士は宙に向かって鼻を鳴らし、顔をしかめた。完全に静止していなければ、危うく安堵のため息を漏らしてたところだぜ。おれは目と耳に関しちゃかなりの自信があるが、鼻についてては正直、最高レベルとは言いがたい。それでも、客の男が残したボディースプレーと汗のにおいはわかるから、おそらくそれが会計士の注意を引いたんだろう。少なくともそう願うぜ。

会計士は腰をかがめ、施錠していない下の段の引き出しを開けると、消臭スプレーを取り出した。立ちあがり、机を回っておれがいる方に向かってくる。これだけ散らかったオフィスではあまり選択肢はねえ。このままじっとしてれば、かなり高い確率でやつはおれにつまずくだろう。かといって、下手に動けば存在に気づかれる可能性がある。おれは歩きよりもっぱら飛ぶ方が専門だから脚の筋肉はいまひとつだが、ありったけの力でジャンプして、近くの箱の上に飛び移った。羽は最小限しか動かさなかった。その直後、会計士はおれがいた場所を通り、客用の椅子とその周辺に何やら松系のにおいのするスプレーをたっぷり噴射してから、机に戻った。

会計士が腰をおろすと同時にノックの音がして、ドアの向こうから、「おれだよ！」という声が聞こえた。会計士がボタンを押して解錠すると、さっきの男が紙幣の束を振りながら入ってきた。「ほら、金もってきたよ」息が弾み、紅潮した顔が汗で光っている。近くのATMまで走ったようだ。よほどその魔術がほしいらしい。百ドルの現金をすぐ用意できるやつがなぜそこまでその魔術をほしがるのかわからねえ。魔術を使って大金をせしめなけりゃ今月の家賃が払えねえとか、そういう話か？

会計士は金を数えたあと、偽札判定用のペンを使って一枚一枚真贋《しんがん》を確認し、それが済むと、金の上に手をかざした。魔力がかすかに感じられる。魔法で何かいかさまがされてねえかチェックしてるんだろう。現金に問題がねえことが確認できると、会計士は引き出しの鍵を開け、魔術のコピーを取り出した。

渡す前に再度念を押す。「いいな、土曜までは使わないでくれよ？」

「了解。土曜までは何もしないよ」

「それから、わたしから入手したことは秘密だ。だれかをここへよこすのも絶対にだめだ」

「わかってるよ。あんたのことは見たことも聞いたこともない」

会計士はしばし黙ると、ついに魔術を差し出した。「さあ、行ってくれ。われわれが会うことはもう二度とないからな」

客の男はさっそく魔術を覚えようとしているのか渡された紙を食い入るように見ていたが、会計士の言葉にわれに返ると、魔術の紙を折り畳み、シャツのポケットに突っ込んで立ちあがった。

さて、ここからが勝負だ。すぐ後ろにいることに気づかれずに、客の男といっしょに部屋を出なきゃならねえ。なんとかうまくいった。実際は、羽の先が挟まってドアが跳ね返ったが、ふたりとも特に変だとは思わなかったようだ。エレベーターについては、あがってきたときよりは楽だ。どこで降りるかわかってるから、飛び立つ準備ができる。建物を出ると、おれは男のあとをつけた。土曜まで使わねえなんて言葉は露《つゆ》ほども信じてねえ。会計士はこの男がどこのだれなのか知らねえわけだから、魔術が解禁前に使われて、たとえそれに気づいたとしても、どうすることもできねえ。男もいままさに同じことを考えてるはずだ。

尾行しながら会社に電話して、会計士に見張りをつけるよう指示する。やつが流通元なら、つくり手に行き着くためのとっかかりとしては、いまのところ最も有力だ。おれが自ら見張っていてえところだが、しばらくはどこかへ行きそうもなかったし、客の男が新しい魔術を練習するなり使うなりするときに、それがどんな内容なのか見ておきてえ。

　男はまっすぐコーヒーショップへ行き、コーヒーを一杯注文した。メニューのなかでいちばん安いやつだ。そして、店の奥の隅っこにあるテーブルに座った。だれもやつの背後から手もとを見ることができねえ場所で、残念ながら、それはおれも同じだ。やつの後ろにはおれがとまれたり、ぶらさがったりできるような場所はねえ。しかたなく、向かい側の椅子の背にとまって、テーブル越しに男が魔術を読むのを見る。唇がかすかに動いているが、中身を知るには不十分だ。

　だれかがふいに、「この椅子いいですか?」と言って、おれがとまっている椅子に手を伸ばした。しゃにむに羽ばたいて、すんでのところで宙に舞いあがったからよかったものの、一瞬でも遅れていたら、その客は異様に重い椅子にぎょっとしていただろう。羽ばたきが起こした風で魔術の紙がはためき、男の手から飛んで、おれの目の前の床に落ちた。うまい具合に、表が上だ。だが、読みはじめたとたん、男が飛びつくようにして紙を拾いあげた。

　男はしばらく席を立たねえと踏んで、おれは別の客のあとについて店を出た。出入口がよく見える街灯の上に場所を取り、パーマーに電話する。「ロウィーナと話せたか?」いまとなっては彼女が何を見たか見当がつくが、一応訊いておく。

「露天商は魔術を売っていたよ。ぼくたちが目撃したものだと思われる魔術もあったようだ。ひとつ買うように言っておけばよかったんだけど、彼女はそこまで思いいたらなかったらしい。もっとも、例の鍵をもっていないから、売ってもらえなかった可能性が高いけどね。ぼくたちはまずその鍵を入手する必要があるな」

「うちの連中に仲買人を見張らせてる。やつがつくり手と直接つながってんのか、定期的にファックスを受け取るだけなのかはわからねえが、いずれにせよ、土曜に新しい魔術を売り出すらしい。ちらっと見ただけだが、どうもただのめくらまし《イリュージョン》じゃねえな。洗脳作用もついてるようだ」

電話の向こうでパーマーが息をのむのがわかった。「それは、よくないな」

「ああ、だから客の男に張りついて、それで何をやるのか見るつもりだ。また連絡する」

意外なことに、男はコーヒーショップを出ると自宅に戻った。まあ、自宅だと思える場所にってことだが。アパートメントビルに入っていったきり出てこねえ。こういうとき、ガーゴイルであることは強みだ。おれはちょうどいいとまり木を見つけ、長期戦に備えた。

朝になっても、男はいっこうに姿を現さねえ。一般の人間たちが仕事に出かける時間はとうに過ぎている。一刻もはやく魔術を使いたくて夜明けとともに出てくるだろうと思ってたんだが、ひょっとすると建物の裏口から出やがったか。結局、昼飯どき近くになって、ようやく姿を見せた。意外に会計士との約束を守る気なのかもしれねえ。昨日に比べてずいぶんしゃきっとした顔つきで、身なりもこざっぱりしている。ウォール街に行っても難なく溶け込むとまでは言わねえが、これなら即座に警備員の注意を引くこともねえだろう。これから何をする気か知らねえが、魔法によるジャンクフードの万引きである可能性は低そうだ。

会社に連絡を入れてから、男の追跡を開始する。数ブロック歩いたところで、男は銀行に入った。周囲を見回し、パンフレットを一部取って外へ出る。下見をしたのか、それとも、戦利品の隠し場所を探しているのか――。銀行から出てきた男はやや落ち着きのねえ様子で、額に汗をかいていた。ハンカチで顔を拭い、肩で息をしながら建物の外壁に寄りかかる。そして数分後、壁から体を起こすと、ダウンタウンへ向かう人の流れに加わった。

男は通りかかった次の銀行にも入った。月半ばの給料日の金曜で、しかも昼どきってこともあり、支払小切手を現金化したり口座に預金したりする人たちで銀行は混んでいた。この銀行では、魔法界の住人と思われる者をふたり見かけた。背中に羽がついているからすぐわかる。非魔法界の人間にのみ有効な覆い《ヴェール》をまとっているようだ。男は彼らの方をちらっと見ると、さっと向きを変え、腕時計を見ながら列が長いことに何やら文句をつぶやいた。まわりの人間だけがかろうじて聞き取れるような声だ。また額に汗をかいて、落ち着きがなくなっている。何を企んでいるにせよ、それは少なからず緊張を要するものらしい。

また次の銀行の前まで来ると、男は立ち止まり、躊躇するような仕草を見せたが、頭を振ってそのまま歩き出した。ファストフード店の前を通り過ぎたところで、またふいに立ち止まると、今度は戻っていって店に入る。いったい何を企んでんだ。ハンバーガー屋で強盗を働いたところで、手に入る金はたかが知れてると思うが。

なんのことはねえ、やつはただ腹が減っていただけのようだ。バーガーセットを注文し、トレイを手に空いている席を探して混んだ店内を見回す。近くのテーブルにひとりで座っている若い女が顔をあげた。目が合うと、男は視線を維持したままにっこり笑って近づいていく。「ここ、相席いいかな」

「もちろん」女は答えた。

魔力の高まりを感じたような気がしたが、フレンチフライを揚げるにおいでなかなか集中できねえ。魔法の影響なしに、このお嬢さんがやつを自分のテーブルに座らせるか？　もし男がなんらかの魔術を使ったのだとしたら、それにはどうやらアイコンタクトが必要らしい。だとすれば、この街では使い勝手の悪い魔術だ。ここでは知らぬ同士は極力目を合わせねえのが常識だからな。

男は席に着いたが、話をする気はまったくねえらしい。どうやら本当にただ座る場所がほしかっただけのようだ。男はハンバーガーにかぶりつき、女は飲み物をすすりながら雑誌を読んでいる。しばらくすると、女は自分のごみを片づけながら顔をあげて男の方を見た。今度はたしかに魔力が高まるのがわかった。男は小さい声で「ケチャップ」とつぶやく。すると、女は使わずに残っていたケチャップのパックを男に差し出した。そして、ふとわれに返ったように瞬《まばた》きをし、トレイをもって立ちあがった。男はにやりとすると、大きく息を吐いた。

おれは女のあとについて店を出ると、パーマーに電話した。「やつが何を企んでいるにせよ、魔術にはアイコンタクトが必要らしい。いまそれを実際に試して、うまくいった。少なくとも、うまくいったように見えた」そう言って、店で見たことを説明する。

「相手と目を合わせる必要があるなら、被害は限定的かもしれないな」パーマーは言った。「催眠術に毛の生えたようなものだから、制御された環境以外でそれを成功させるのは簡単じゃない。その男はそれで何をしようとしているんだろう」

「やつは二軒の銀行に寄っている。どっちも青い顔で額に汗かいて出てきた。窓口の行員と目を合わせて、現金をたんまり出させようって魂胆かもしれねえな。とにかく、新しい魔術を使おうとしてるのは間違いねえ。銀行で札束を万引きしようとはしねえだろう」

「アイコンタクトはどのくらいしている必要があるのかな。一回目が合えば魔術を始められるのか、それとも、魔術を使っている間はずっと維持していなければならないのか」

「さっきのギャルは、やつが座ったあとも気が変わる様子はなかった。だが、昼どきの混んだ店内で相席するのは特に妙なことじゃねえ。魔術が切れてわれに返ったところで、男にどけと言うとはかぎらねえから、判断の難しいところだな」

「引き続き彼の監視を頼む。こちらも動き出せるようにしておく必要があるな。何かあったらすぐに連絡してくれ」

あんまり長く店内にいるんで、雇ってくれるよう交渉でもしてるのかと思いはじめたとき、ようやく男が外へ出てきた。めずらしく目的意識のようなものが感じられる足取りだ。いちばん近い銀行までまっすぐ行ったが、なかには入らず、外壁にもたれて立っている。そのまま動く様子がねえから、おれは近くの街灯にとまって男を見張った。

どうやら男は銀行から出てくる人たちを品定めしているようだ。明らかに魔法界の住人とわかる者や体がでかくて強そうなやつに対しては、下を向いたまま気づかねえふりをし、それ以外の人にはにっこり笑って〝こんにちは〟と声をかける。だが、ここはニューヨークだ。皆、やつの姿が目に入らねえふりをしている。かれこれ三十分はそうしてるだろうか。銀行の出口にそれだけ長くとどまっていれば、さすがに怪しく見える。警備員が外に出てきて男の方を見ると、男はすばやく壁から離れて歩き出した。

その後、さらに数軒の銀行で同じことを繰り返したが、適当な標的が見つからなかったか、でなきゃ、だれとも必要なだけ目を合わせることができなかったようだ。やがてマンハッタン島の南端近くまでやってきた。この先にはもう大して行けるところはねえ。ここがチャンスと見て、応援を要請する。やつが今日何かする気なら、ここでやるはずだ。終業時間が迫っているため、ATMには週末に備えて現金を引き出す人たちの列ができている。もしやつがだれかに魔術をかけて金を差し出させようとしてるんなら、ここは獲物が豊富な場所だ。

MSIの本社に近いから、応援はすぐにも到着するだろう。ほどなくして、通りのすべての屋根と窓台にガーゴイルが配備された。男がこの包囲網を突破するのは不可能だ。警備部の連中だけじゃねえ。パーマーとその相棒、ロッド・グワルトニーも現場に来ている。グワルトニーは厳密には人事部の頭《かしら》だが、警備部によるこての作戦にはときどき参加する。

パーマーが銀行のなかに入っていった。窓越しに見ていると、小切手や預金伝票を書くテーブルへ行き、ペンを取って何か書きはじめた。グワルトニーはうちのガーゴイルのひとりが潜んでいる場所の近くで縁石の上に立ち、遅れているだれかをいらいらしながら待っているようなふりで、腕時計を気にしながら通りを見ている。男は銀行から出てくる人ににこやかに話しかけるという例のルーティンを繰り返している。やがて、銀行から出てくる人は出口のそばでいきなり話しかけてくる人間を不審に思うということにようやく気づいたらしく、銀行に入っていく人に話しかけるようになった。一度言葉を交わしておけば、出てくるときに目を合わせてくれる確率が高くなると踏んだんだろう。

だが、望みは薄そうだ。おれの見たところ、銀行に入っていく者たちのなかにカモになりそうな人間はいねえ。客のほとんどはウォール街のやり手のブローカータイプだ。抜け目がなく、頭のなかは仕事のことでいっぱいか、携帯電話の会話に集中していて、魔術をもってすらそこに入り込むのは容易じゃねえように見える。男もさすがに落胆している様子だ。そこへ若い女がやってきた。早足で明らかに急いでいるようだが、男が「こんにちは」と言うと、彼女は男の方を見てにっこり笑い、うなずいた。男はにやりとして背筋を伸ばし、店内に入っていく女を見送る。あまりに陳腐で驚くが、うれしそうに両手をもみ合わせすらした。いまやつは見るからに怪しげだ。前を通る人は皆、路上に物乞いが寝ていてもここまでよけはしねえだろうってくらい大回りしていく。

その直後、パーマーから電話が入った。「彼、いま入ってきた女性に話しかけた?」電話口でささやく声がうわずっている。

「ああ、女の方もやつにあいさつした。どうした、彼女、何かおかしな行動に出たか? 銀行強盗をおっぱじめたとか言うんじゃねえよな」

「違うよ、でも、あの人、彼女なんだ」

「彼女?」すぐにぴんときたが、やっこさんのことはどうしてもからかいたくなっちまうんだな。

「本屋で見かけた人だよ」

「おう、そうか。ま、あんときゃ話しかけろとアドバイスしたが、いまはやめとけ」

「でも、あの男が彼女に何かしていたら?」

「彼女が何かトラブルになりそうな動きを見せたら介入しろ。それ以外は手を出すな。この魔術がどういうものなのか見る唯一のチャンスかもしれねえ。おまえさんが恋したのは、知らねえやつと目を合わせるマンハッタンで唯一の若い女だったたっってことだ。彼女いま何してる？」

「ATMの列に並んでる」〝恋した〟ってくだりは否定しねえらしい。

「彼女から目を離すな。まあ、言わなくても離さねえか」

「サム、ぼくが鑿《のみ》をもっていることを忘れずにね」

「まあまあ、冗談だって」

　ATMの列は相当長いらしい。十分近くたってようやくパーマーのお気に入りは銀行から出てきた。見知らぬ他人と目を合わせるうぶさはあっても、現金を数えながら銀行から出てきたりしねえだけの都会の常識は心得ているようだ。男は腕時計を見ながら落ち着きなくその場を行ったり来たりしていたが、彼女に気づくと勇んで近寄っていく。「やあ、また会ったね」

　今度は彼女も少し戸惑っているようだ。「あ、どうも」男をさりげなくよけて歩道を歩き出す。男はすぐに追いつきいっしょに歩きはじめた。彼女よりずっと脚が長いのに、ついていくのがやっとという感じだ。日ごろからてきぱき動くタイプじゃねえんだろう。おれはこっちに向かってくるふたりが下を通るのをじっと待つ。

「やっと週末だね。何か予定あるの？」男は言った。

彼女は振り向いて男を見るなり固まった。魔力の高まりを感じる。やつはついに計画を実行したようだ。パーマーが銀行から出てくるのが見えた。彼女が男といっしょにいるのを見るや、やっこさんの目に怒りの炎が灯るのがわかった。頼むから任務から外れるようなことはしねえでくれよ。パーマーはかなり冷静な男だが、女といるところは見たことがねえから、どういう行動を取るか予想がつかねえ。妙な騎士道精神を発揮したりしねえといいんだが。

ふたたび女の方に目を移すと、彼女は男を見ているんじゃなかった。彼女はおれを見ていた。「あれって前からここにあった?」女は訊いた。軽い南部訛りがある。だとすれば、彼女の他人への接し方は合点がいく。あれはニューヨークのやり方じゃねえ。

「あれって?」男は彼女から視線を外して振り返った。

「ガーゴイルよ。というか、よく見たらそこらじゅうにあるわ。どうしていままで気づかなかったのかしら。ハロウィーンの飾りつけを始めるにはちょっと早くない?」

おれたちが見えるのか? そんなはずはねえ。覆い《ヴェール》を確認する。問題なく機能している。おれたちの姿はだれにも見えねえはずだ。魔法界の住人にすら見えねえよう設定してある。

男もおれに負けねえぐらい面食らってるようだが、ガーゴイルが見えることと警備部の存在が結びつくほどの頭はねえらしく、彼女の方に向き直ると、ふたたび目を見つめて言った。「ねえ、百ドルほどおれにくれない？」ハンバーガー屋で相席を求めたときと同じようなごく軽い口調だ。やつが話すのと同時に魔力の高まりを感じた。

彼女は一歩大きくあとずさりすると、ハンドバッグをぎゅっと抱える。「これは強盗？　それとも物乞い？」

男の顔は見えねえが、ふたたび魔力の高まりを感じたから、もう一度魔術をかけたらしい。「どっちでもない。きみがおれに百ドルあげたくなるんだ」

「悪いけど、お金をせがむ相手を間違えてるわ」女は動揺しながらもきっぱりそう言うと、早足で歩きはじめる。もう少しでおれの射程圏内から出るが、こっちが見えるとなると安易に動くわけにはいかねえ。いまのところ、彼女はおれのことを気の早いハロウィーンの飾りの一部だと思っているが、飛ぶのを見たらその説明は通用しなくなる。

幸い、パーマーとグワルトニーがあとを追っている。歩道には紛れるのに十分なだけ人がいるから、気づかれることなくついていけるだろう。なんらかの理由で彼女には魔術が効かなかった。だから、おそらく魔術の具体的な内容を知ることはできねえ。いま重要なのは、彼女に魔法を目撃されねえようにしつつ、その身に危害が及ぶのを防ぐことだ。

女は歩行者用の信号が赤になっている交差点まで来ると、まわりのほとんどの人と違い、立ち止まった。そこへ男が追いつく。「待てって！」男は彼女の正面に回り込む。「おれはただ話をしようとしただけだよ」

「申しわけないけど、興味ないわ」女はそう言って、顔を背ける。

男は眉間にしわを寄せ、ポケットから折り畳んだ紙を取り出して読みはじめた。男が魔術を確認しているうちに信号が青になり、女は道路を渡りはじめる。男が気づくと同時に信号がふたたび赤になり、やつは車をなんとかよけながらあとを追う。どうして彼女を諦めてほかを試さねえのかわからねえが、いまのところ、うまくいかねえのは魔術か自分のやり方のせいで、標的の問題だとは思ってねえようだ。

パーマーは彼女に気づかれない程度に距離を置いて、ふたりの後ろについている。歩行者用の信号が赤の交差点を歩調を緩めることなく、かつ、車の運転手に迷惑をかけることもなく渡っていく。これについては、何かこつがあるのか、それとも自分でそれ用の魔術を開発したのか、いまだによくわからねえ。グワルトニーはもう少し手こずっているようだ。車を何台かよけ、バスが通り過ぎるのを待っている。そろそろおれも動いて大丈夫だろう。だが、念のため、十分に距離を空けてついていく。

男は次の交差点で女に追いついた。彼女がまた信号を守って立ち止まっていたからだ。訛りと男と目を合わせて話す態度から地元の人間じゃねえという気はしていたが、いまその印象は確信に変わった。ニューヨーカーと信号との関係はもっとずっとルーズだ。男がまた魔術を使うのがわかった。「おれに何かあげたくならない?」

「いいえ」女は言った。「もういい加減にして。お金を奪う気なら武器を見せて。それが唯一、わたしからお金を取れる方法よ。いずれにせよ、百ドルももってないわ」なるほど、パーマーが目をつけた理由がわかる気がした。このお嬢ちゃんは肝が据わってる。

信号が変わるや否や、女は勢いよく歩き出した。男があとを追おうとしたとき、パーマーが片手をさっとひと振りして男の動きを止めた。おれは感心するとともに、少々がっかりした。せっかくヒーローになって、遠くから見つめるだけだった女と知り合うチャンスだったのに。これじゃあ、やっこさんが助けたことを彼女は知らねえままじゃねえか。ほとんど小走りで去っていく女は、背後で何が起こっているかまったく気づいてねえ。

パーマーは男の手から魔術の紙を抜き取る。「どれどれ、ちょっと見てみようか」そう言って読みはじめる。そして、頭を振った。「うーん、違反だらけだな。そもそも非魔法界の人を魔法で操ろうとしたこと自体、許されないことだ」

「不良品だよ、これ」男は言った。「全然効かなかった。もっと近くに寄らなきゃなんないのかと思ってそうしてみたけどだめだった。もしかして、体に触れる必要があんのかな。マニュアルにはただ目を合わせるとしか書いてないけど。まったくどういうことだよ。さっき試したときはうまくいったのに」

「つまり、きみは自分の個人的な利益のために魔術を使って非魔法界の人を操ろうとしたことを認めるんだね？」

男は青くなった。魔術を成功させることで頭がいっぱいで、犯罪行為を自白していたことに気づいてなかったらしい。たしかにパーマーは法執行官のような身なりじゃねえが、世の中見た目どおりとはかぎらねえってことだ。「どこで手に入れたか教えるよ」男は言った。

おれはふたりの横にある新聞スタンドの上に舞い降りる。女はいなくなったから、姿を現しても大丈夫だろう。「それはもう知ってる。知りたいのはその魔術がどういうものかだ」

「このコピーはもらっておくよ」パーマーは紙を折り畳んで自分のポケットに入れた。

「法執行官に連絡してこいつをしょっ引いてもらうか、ボス」おれは言った。

パーマーはしばし男を眺める。「彼が実際にやったことについては提出できる証拠がないけど、違反だらけの認可されていない魔術を所持していたのは事実だ。法執行官はそのこと自体を魔法を使って犯罪を犯す意図があった証拠と見なすだろうね」

「ああ、こういうことを取り締まるために彼らは存在してるんだからな」おれは言った。「入手元も突き出そうぜ。やつは自分が売った魔術で人が何をしようとしてたか知るべきだ。おまえ、明日まで使うなと言われてたんだよな」

男はいまにも気絶しそうな顔をしている。それを知られているということは、ほかにも相当証拠をつかまれていると悟ったようだ。「ま、待ってくれ」男はすがるように言った。「頼むよ。二度とこの魔術は使わないから」

「魔法を使った万引きについては？」パーマーが訊く。

「あれは一回も使ってない！」

おれはパーマーの方を見る。「どうする、ボス。おれの意見を言わせてもらうなら、こいつにわざわざ書類仕事を増やすほどの価値はねえと思うぜ」

「そうだな。彼について確実に証明できるのは違法魔術の所持だけで、その魔術はどうやら機能しないようだ。これでは法執行官もあまり熱心に関わろうとはしないかもしれない。ほしかった魔術は手に入ったわけだし、今回に限っては見逃そうか」

男はほっとしてへなへなと脱力した。「ありがとう、恩に着るよ」

「おまえの家はわかってる。行儀よくしとくのが身のためだぞ」おれは警告する。

「魔法にはもっといい使い道があるんだからな」

病気の母親の手術代が必要だったとかなんとかいうお涙ちょうだい話をもち出して時間を無駄にしなかった点は評価してやろう。男はあっという間《ま》に消え去った。あのタイプがいつまでもおとなしくしてるとは思えねえ。ときどき様子を見る必要があるな。

ロッド・グワルトニーがようやく道路を渡りきってやってきた。「あれ、容疑者だろ?」

「ああ、もうやらねえってんで、行かせた」おれは言った。

「逃がしたのか?」

「彼のやろうとしたことは成功しなかったようだからね」パーマーが言う。「ざっと見ただけでも、この魔術はつくりがずさんなのがわかる。でも、一応機能はするはずだ。魔術のかけ方がよほど下手だったんだろう」

「というより、かける相手を間違えたってことだな」おれはそう言って鼻を鳴らした。

「え、どういうこと?」グワルトニーが訊く。「彼女、対抗魔術《カウンタースペル》を使ったの? 彼女から魔力は感じなかったけど」

「つうか、免疫者《イミューン》だな、あれは」おれは言った。「おれたちガーゴイルが見えてるようだった。前にはなかった場所にガーゴイルがあるとか、ハロウィーンの飾りつけには早すぎるとか言ってたぜ。彼女に魔術が効かなかったのも、それなら説明がつく。男の魔術の使い方は間違ってなかったし、魔力も十分にあった。ただ、標的に選んだのがたまたま免疫者《イミューン》だったってわけさ、よりにもよって」

「免疫者《イミューン》？　まじか！」グワルトニーが目を輝かせる。「彼女、すごくまともな感じだったよ。緊張感のある状況にうまく対処していた。これは追跡調査をすべき案件だな。彼女がどこのだれか、どこへ行けば会えるか、調べないと」

パーマーが首から額まで真っ赤になった。「彼女なら前にも見かけたことがある。うちの近くに住んでるみたいで」

グワルトニーはにやっと笑って、パーマーの背中をばんとたたいた。「彼女か！　おまえが熱をあげてる本屋で見つけた子?!」

「熱をあげてるとは言ってない。感じのいい子だって言っただけだ」

「でも、どこで会えるか知ってるんだろ？」

パーマーは親友と目を合わせねえ。これ以上赤くなったら、信号のかわりに車を止められるだろう。「ときどき見かけるから、彼女のルーティンについて二、三気づいたことがあるだけだ。言っとくけど、ストーキングしてるわけじゃないからね」急いでつけ足す。「たまたま行く場所が重なってるだけだよ」

グワルトニーはにやにやしたまま言う。「じゃあ、テストするってことでいいね。しばらくだれかに彼女を観察させよう。覆い《ヴエール》は効かないから、気づかれないよう慎重にやる必要がある。観察結果を踏まえていくつかテストをし、それから彼女に接触する。とりあえず、身元と連絡先を知る必要があるな」

「それより、この魔術の出どころを調べる方が急務だよ」依然としてかがり火みたいに赤い顔でパーマーが言った。「魔術の核となる部分には見覚えがある。やはり、われらが友人、イドリスの可能性が高い」

「懸念したとおりか」グワルトニーは言った。

「仲買人の監視を続けて、だれから魔術を入手してるのか探る」おれは言った。「ただ、事務所にファックスがあったのが気になるぜ。魔術はファックスで送られてくるだけで、送ってくるやつとはいっさい接触しねえ可能性もある。暗い路地裏でこっそり受け渡しをするってわけじゃねえのかもしれねえ。とりあえず、明日、巷に出回る予定だから、そっちに備えるのが先だな」

「今夜、対抗魔術《カウンタースペル》をつくって、明日の朝までに警備部に届けるよ」パーマーは言った。

グワルトニーはパーマーの肩に腕を回す。「これだから、おまえにはなんとしてもガールフレンドを見つけてやる必要があるんだ。金曜の夜に仕事する気なんだからな」

「非常時なんだ」パーマーは反論する。「もしガールフレンドがいたとしても、今夜は仕事をするよ」

「その点についてはパーマーに同意するぜ」おれは言った。「明日、対抗魔術《カウンタースペル》は必要だ。だが、ガールフレンドが必要だってのにも賛成だぜ。あの免疫者《イミューン》はぜひとも調べてねえとな」

パーマーはまた赤くなる。「ああ、そうだね。何も知らずに魔法による悪事を潰したのだとすれば、秘密に通じていたらどれだけのことができるか想像するだけで頼もしい。ぜひともこちらの側に置いておきたい人材だよ」

グワルトニーはにんまりした。「じゃあ、それはおれに任せて。必ず彼女をリクルートするよ。おまえと魔法界全体のためにな」

魔法使いの失われた週末

Owen Palmer's Lost Weekend
of Poison, Potions, and Pizza

この短編で語られるのは、『ニューヨークの魔法使い』のエンディング直後の出来事です。『ニューヨークの魔法使い』を読んでいない方は、まずそちらを先に読むことをお勧めします。そうでないと、何のことやらさっぱりわからない話になってしまいますから。

これは言ってみれば、著者自身が自分の作品に対して書いたファンフィクションです。書いたのは二〇〇四年のはじめ、〈株魔法製作所〉シリーズの一作目を書き終え、エージェントの反応を待っていたころです。この世界をもっと広げていきたいと思いつつも、続編に着手するのは一作目が本になるかどうかがわかってからにしようと考えていました。そこで、この短いストーリーを書くことにしたのです。わたしはかつて、テレビドラマを見たあとに登場人物たちがその後どうなるかを想像し、独自に物語を創作するということをよくしていたのですが、それと同じようなことをやってみたわけです。

この作品はオーウェンの視点から書かれています。それはわたしにとって、彼の頭のなかをのぞき込み、彼がどのように世界を見ているかを知るよい機会となりました。そして、オーウェンという人物の背景をより深く掘り下げることにもつながりました。ここに書いたことの多くが後続の作品に生かされています。オーウェンが猫を飼っていることや（当時、隣人が飼っていた猫がモデルで、よく窓辺からわが家の方を眺めたり、隣人宅を抜け出してうちのポーチで昼寝したりしていました）、オーウェンの自宅の様子、養母グロリアとのデリケートな関係も、ここで設定しました。

記憶が正しければ、過去にわたし以外でこの短編を読んだことがあるのは、シリーズ一作目の原稿を執筆と同時進行でチェックしてくれた友人のひとりだけ。実はわたし自身、ハードディスクにあるのを見つけるまでその存在を忘れていたのです。シリーズのファンの方たちにはきっと楽しんでもらえると思い、この機会に披露することにしました。

なお、のちにいくつか変更した点については、出版済みの続編に沿うよう修正を加えています。

ケイティの後ろ姿を見送りながら、オーウェンは激しく後悔した。なんてばかなんだ。どうかしていた。きっと怪我と疲れのせいで正気を失っていたんだ。〝今度いっしょに……〟とかいうようなカジュアルな台詞でさりげなく夕食に誘うのに、あれよりいいタイミングがあっただろうか。ちゃんと頭が働いていれば、この絶好の機会を逃しはしなかっただろうに。

もともと今夜は外に食べにいくつもりはなかったが、いまはもう月曜の朝までひたすら寝ていたい気分だ。ああ、それがいい、そうしよう。オーウェンは怪我をしていない方の肩を軽くすくめると、タウンハウスの正面玄関の階段をのぼった。鍵を開けるのに少し手こずる。せめてなかに入るまでケイティにつき合ってもらえばよかった。なんとか解錠し、鍵を抜く。玄関ホールでひと息ついてから、さらに階段をあがり、今度は自宅のドアの鍵をやっとのことで開けた。魔法除け《ワード》はすべてきちんと機能しているようだ。よかった、いまはとても復旧するような力はない。

ドアを開けたとたん、猫がニャーオと大きな声で鳴いて主人を出迎えた。うれしそうに全身をくねらせている。「やあ、ルーニー。お腹減っただろう？」オーウェンはそう言いながらキッチンへ向かった。猫は困惑した表情でついてくる。無理もない。いつもは家に入るとすぐに彼女を抱きあげる。「ごめんね。今日はちょっとへとへとで抱っこはできないんだ」これはかなり控えめな言い方だ。

戸棚から猫缶をひとつ取り出す。電動缶切りがあってよかった。いま手動で開けるのはとうてい無理だし、まして魔法を使うことなど論外だ。オーウェンは日ごろから職場以外では極力魔法を使わないようにしている。だから、たとえ魔力が枯渇《こかつ》してしても日常生活にはさほど影響はないだろう。ときどき、魔法が使えなくなったらどうなるか想像してみたりもするが、それによって大きく変わるのは仕事ぐらいで、その場合でも魔術の翻訳は続けられる。むしろ、常につきまとう倫理的なジレンマや恐れ、手抜きのために魔法を使う誘惑から解放されて、生活はいまよりずっとシンプルになるだろう。

しかし、片腕しか使えないというのはまたまったく別の話で、これは実に不便だ。オーウェンはケイティに手助けを求めなかったことをあらためて後悔した。缶切りがブーンという音を立てると、ルーニーはうれしそうにオーウェンの足首に体をすりつけ、喉を鳴らした。「ほら、どいて、皿に移すから」猫は素直に従う。缶の中身を皿に空けようと前屈みになったとたん、めまいがした。中身が全部出たかどうかわからなかったが、一回くらいいつもより少なかったとしても、それでルーニーが餓死することはないだろう。オーウェンはそのまま戸棚に寄りかかる。そして、めまいが治まると、怪我をしていない方の手で調理台につかまり、立ちあがった。

もう寝よう。あがれるうちに二階へ行った方がいい。階段に向かおうとしたところで、リビングルームのソファーが目に入った。やっぱり、階段に挑む前に少しだけ休んでいこう。オーウェンは倒れ込むようにソファーに腰をおろすと、背もたれにぐったりと頭を預けた。

それにしても、すごいバトルだった。あんな戦いははじめてだ。今日やったことのなかには、自分にそんな能力があることすら知らなかったものもある。わくわくすると同時に、恐くもあった。あんなことは二度とやりたくないと思う一方で、機会があればまた自分の魔力を試してみたいという気持ちがまったくないとは言えない。

　何かがひざに乗ったのを感じて目を開けると、ルーニーが不思議そうにこちらを見ていた。どうやら主人の奇妙な行動に対する困惑と心配が食欲に勝ったらしい。もしくは、いつも以上のはやさで食べ終えたということだろう。ルーニーは乾いた血で固くなったコートの袖のにおいを嗅いだ。怪我をした肩に近づきすぎる前にルーニーを押し戻す。「大丈夫だよ」そう言って、自由が利く方の手で首の後ろを撫でてやると、ルーニーはオーウェンの脚に頭をのせて横たわった。服を着がえてベッドに入るべきなのはわかっているが、ルーニーの邪魔をしたくないし、それに、いまはとても立ちあがれる気がしない。もう少し、あと少しだけ休んでから……。

　うなり声と短い悲鳴に起こされた。目を開けると部屋が暗い。いつ暗くなったんだろう。ついさっきまで昼の明るさだったのに。「だれ？」自分が急に無防備に感じられた。侵入者を魔法で撃退する力が残っていないのはもちろんだが、この体では暖炉の火かき棒を振り回すのも無理だ。もっとも、侵入者がだれであれ、危険人物である可能性は低い。鍵をもっているいないにかかわらず、魔法除け《ワード》を抜けてこの家に入ってこられる人は限られている。鍵をもっているとなれば、さらに少ない。

「おれだよ」ロッドの声がした。「電気のスイッチはどこ？」

「スイッチはないよ。ここはランプだけだから」部屋のなかのすべてのランプがいっせいに灯り、オーウェンは思わず目を閉じた。「何、どうしたの?」

「様子を見にきたんだよ。おまえ、体に毒が入ったらしい」

いっきに目が覚めた。「毒?」

「こんな状態のやつをひとりで帰すなんて信じられないな、まったく」

「ケイティに送ってもらったよ」オーウェンはそう言うと、頭を振って重要な部分に戻る。「毒って?」

「少なくとも彼女がここでおまえにつき添ってないのは知ってるよ。午後、会社で見かけたからな。で、毒だけど、血液検査の結果が出て、どうやら例のハーピーがかぎ爪に毒を塗っていたらしいことがわかった。ま、古い戦法さ。命にかかわるようなことはないって話だけど、しばらく気分はよくないぞ」

ロッドはショルダーバッグから小さな瓶を取り出す。「解毒剤だ。四時間おきに飲む。しばらくおれがここにいるよ」

「ひとりで大丈夫だよ」

「おれか治療師《ヒーラー》のヘルガの二者択一だ。彼女はおまえの面倒を見る気満々だったぞ。ヘルガによると、この解毒剤を飲むと、最初は症状が悪化するそうだ。薬が毒素と戦ってる間そうなるらしい。高熱やせん妄、筋肉痛などが出る可能性がある。まあ、基本的にインフルエンザの症状だな、呼吸器系の症状がない以外は。ヘルガに頼めば喜んで介抱してくれるぞ」

オーウェンは身震いしながら、ロッドがコップに移した解毒剤を受け取る。「わかった。じゃあ、いてもらう。いまはヘルガに立ち向かう気分じゃないよ」ヘルガは――これは彼女の本当の名前ではないが、いまは本名を思い出せない――社内ではちょっとしたワルキューレとして知られ、彼女の介抱はお世辞にも優しいとは言えない。

ロッドはカプセルをひとつ差し出す。「解毒剤といっしょにこれも飲んでおくといい」

「何?」

「鎮痛剤だ。本格的なやつ」オーウェンはカプセルをつまむと、苦い解毒剤といっしょに飲み込んだ。ロッドがからかうような口調で言う。「なんならケイティに電話して来てもらってもいいぞ」

幸い、赤面は顔色の悪さがカバーしてくれるだろう。それでも顔が熱くなるのを感じた。「いいよ。彼女にも週末は必要だ」

「あれ、好きなんじゃなかったの？」

顔がさらに熱くなる。「好きだよ。でも、迷惑はかけたくない」

「つまり、まだ彼女に看病してもらいたいとまでは思わないってこと？」

「彼女のことはほとんど知らないんだ。仕事を通して知っているだけの人に看病してもらいたいとは普通思わないだろう？」

「ま、無理にとは言わないけど。おれから見れば、おまえは絶好のチャンスをみすみす逃そうとしているけどね。女はフローレンス・ナイチンゲールをやるのが好きなんだよ。女にベッドに入ってもらういちばん手っ取り早い方法のひとつは、まず自分が怪我か病気でベッドに入ってみせることさ。これ、うそみたいに有効だから。ところで、救急箱ある？」

「キッチンにあるけど、どうして？」

ロッドは血のついた手を見せる。「おまえの猫に嫌われてるんだ、おれ」

オーウェンは喉を鳴らすルーニーの背中を撫でる。「彼女のことを犬呼ばわりするからだよ。それって侮辱だからな」

「だって実際、犬みたいだろ。そいつ絶対、自分は犬だと思ってるぜ」

「ルーニーは犬を見たことすらない」

「ああ、でも、おまえの接し方は子どものころ飼ってた犬に対するのとまったく同じだ。おまえは猫の扱い方を知らない。だから犬みたいに扱って、こいつを犬にしちゃったんだよ」

「猫を犬にすることはできないよ。おまえが暗いなかこっそり入ってくるからびっくりしたんだ。目をねらわれなくてラッキーだったと思った方がいい」

ロッドは頭を振る。「まったく、訓練した番猫を飼ってるやつなんておまえくらいだ。スポットっていう名前にすればよかったのに」たしかにスポットでもよかったかもしれない。ルーニーは白地に黒の大きなぶちがある。たしか、ルーニーが子猫だったときにも同じような会話をした。「ほら、はやくその血のついた服を脱いでもっと楽な格好に着がえてこいよ。ピザをもってきた。冷めないうちに食べるぞ」

オーウェンは自分の体を見おろし、肩の破れた血まみれのスーツを着たままであることに気づいた。結局、二階にはあがらずじまいだったのだ。ロッドの手を借りて立ちあがり、なんとか階段をのぼって寝室へ行く。片手しか使えないのでシャツのボタンを外すのに手こずった。ケイティが怪我の手当てをするために手際よくこのボタンを外したことを思い出さないよう努める。はやく忘れた方がいい——彼女に会うたび真っ赤になりたくないなら。

オーウェンはスウェットに着がえた。上はハーフジップのトレーナーなのでそれほど肩を動かさずに着ることができた。几帳面《きちょうめん》な性格に反する行為だが、破れたスーツは寝室の床に置きっぱなしにした。もはやしわになって困るような状態ではないし、拾おうとして下手にかがめばそのまま倒れそうな気がした。それが疲労のせいなのか、それとも毒の影響なのかはわからないが——。

リビングルームに戻ると、ロッドはすでに手の甲に絆創膏《ばんそうこう》を貼ってひじ掛け椅子に座っていた。暖炉では火が赤々と燃え、コーヒーテーブルにはピザが置いてある。テレビではフットボールの試合をやっていた。「ほら、座って食べろ」ロッドは命じる。「どこかの知らない大学同士の試合しかやってなかった。映画の方がよければそれでもいいぞ」

オーウェンはソファーに腰をおろすと、片手でなんとかピザをひと切れ引き剝がす。「いいよ、なんでも。どうせすぐに寝落ちするだろうから」

ロッドは自分のピザからトッピングのミートパテをつまみ、ルーニーに放る。ルーニーはさっきのやり合いをもう気にしてはいないようだ。彼女はだれのこともあっさり許す。それに、そもそもロッドに対する敵意には、ロッドが彼女に対して並べる文句同様、からかい半分のところがあるように見える。「ああ、そうだ、それ、おまえの枕。あの弁護士の車に忘れていっただろ？　おれがおまえの家に行くと言ったら、もってってってくれって」

オーウェンはソファーの上に乾いた血痕のついた枕があるのに気づいた。「ああ、イーサンか。ありがたい。彼、うちの仕事をすることになったの知ってる？　今朝の戦いですごく力になってくれたんだ」

ロッドはビールをひと口飲む。「やつ、ケイティに気があるんじゃないかな。そもそも今回の件に関わることになったのも、ケイティとデートしたかったからだ」

「彼はいい人だよ。彼女にはお似合いだと思う」オーウェンはそう言うと、それ以上しゃべらずにすむようピザにかぶりついた。オーウェンの予知能力はたいてい不規則で漠然としているが、いざそれが働くときは、不安や嫉妬という感情はまったく意味のないものになる。先行きがわかっているとき、その途中で起こり得ることについてあれこれ心配する必要はない。ケイティとイーサンの、あるいは別のだれかとの間にどんなことがあっても、最終的に彼女がだれと結ばれるかははっきりしている。それまで辛抱強く待てばいいだけだ。

ロッドとサム以外はだれにも言っていないが、実は、オーウェンが最初にケイティの存在を知ったのは、彼女がサムを見ていることに気づいたあの日ではない。数週間前のある土曜の午後、市内の巨大な書店、ストランドで彼女を見かけていた。彼女が目にとまったのは、ある本を見つめる様があまりに切なそうだったからだ。おそらく、予算をはるかに超える値段だったのだろう。その表情を見ていたら、思わずその本を、いや彼女が欲しい本ならなんでも買ってあげたくなった。

しかし、そんな非ニューヨーク的な衝動に駆られそうになったとき、オーウェンはこれまで感じたことのない強い直感を得た。そして、その瞬間、このどこか初々しさのある女性と自分が運命で結ばれていることを知ったのだった。突然の啓示に頭がくらくらしているうちに、彼女はどうやら本を諦めたらしく店を出ていった。

　もしそれが普通の一目惚れだったら、彼女を見失ってしまったことに激しく動揺しただろう。しかし、オーウェンが感じていたのはまったく違うものだった。恋に落ちたわけではなかった。いざちゃんと知り合ったときに、彼女を好きになるかどうかさえわからない。ただ、ふたりは決して切り離せない運命でつながっているので、必ず再会するという確信があった。だからそのときが来るのを待っていればいい。

　そのときは思いのほかはやく来た。次の週末、ふたたび彼女を見かけることになる。ユニオンスクエアのファーマーズマーケットで行商人と談笑しながら野菜を買っていた。別の屋台の陰からその様子を見るうちに、オーウェンは彼女に惹かれている自分に気づく。彼女には何かこちらの魂を温めるような明るさがあった。そしてその二週間後、彼女が免疫者《イミューン》かもしれないことがわかり、運命の相手だという啓示の意味をあらためて思い知るのだった。

　オーウェンは、未来を垣間見たときそれに対して何かしようとするのは無意味であることを、幼少期のかなり早い段階で悟った。ものごとは然るべきときに然るべき形で起こる。それを変えようとするのは、かえってそこへ至るプロセスを複雑でやっかいなものにするだけだ。そう考えると、さっき夕食に誘わなかったのはむしろ賢明だったかもしれない。これまでケイティに対しては常に冷静な態度を維持してきた——彼女の運命について本人が知らないことを知っているという状況に戸惑いを感じながらも。でも、彼女を好きになるのを止めることはできなかった。運命のタイムテーブルを早送りしようとするのがナンセンスであることはわかっているつもりなのに、機が熟すのを待つことができなかった。それは彼女のそばで仕事をすることをいっそう難しくした。こちらは自分の気持ちもこの先のふたりの運命も知っているのに、彼女の方は何も知らないのだから。

それでも、イーサンのことは、もっと言えば、ケイティに言い寄るかもしれないほかのだれのことについても、心配ではなかった。きっと、互いに対する準備ができるまでに、彼女には、あるいはオーウェン自身にも、学ばなければならないことがあるのだろう。

「今夜はずいぶん無口だな」ロッドの声で思考が途切れた。

「ぼくはいつだって無口だよ。それに、今日はかなりキツかったんだ。毒も盛られてる。鎮痛剤も効いてきたようだし」それは間違いない。これだけもの思いに耽るのは、薬のせいで思考のコントロールができなくなってきたためだろう。

「眠かったら寝ていいぞ。薬の時間になったら起こしてやるから。テレビの音、小さくするよ」

「いいよ。どうせすぐに聞こえなくなる。それより、朝までいるつもりじゃないだろう？」

「こんな状態のおまえをひとり置いていけるか」

「ぼくのために週末を潰す必要はないよ」ロッドのことだから、子守のために少なくともひとつはデートをキャンセルしているに違いない。

「心配するな、潰すつもりはないから。明日は別の人にかわってもらう予定だ。さあ、もう寝ろ」

オーウェンはイーサンが届けてくれた枕をつかむと、ソファーのひじ掛けに当てて置き、体を伸ばして収まりのいい体勢を探す。ふだんは左側を下にして寝るが、今夜はそういうわけにはいかない。ロッドは片手をさっと振って部屋の照明を落とした。ルーニーはロッドの椅子から下りてソファーに飛び乗ると、オーウェンのお腹を横切り、主人の体と背もたれの間に横たわった。彼女の喉を鳴らす音がオーウェンを眠りへといざなう。

夜中、だれかに起こされた。「ほら、これ飲んで」ロッドが言った。オーウェンは言われたとおりにし、苦い味に顔をしかめる。そばに暖炉があるのに、寒気に身震いした。ロッドが毛布をかけてくれる。「よし、さあ寝て」

この状況は子どものころを思い出させた。少し年上のロッドは学校でも家の近所でも常にオーウェンの世話を焼いた。兄がいるというのはこういうことなのだろうとオーウェンは思う。何かにつけからかわれたりするが、いざというときには頼りにできる。ときどき、ロッドが友達でいてくれるのは義務感からなのではないかという考えが頭をよぎることもある。ロッドの両親はオーウェンの養父母の友人だから、彼らがロッドに年少のオーウェンの面倒を見るよう言った可能性もないわけではない。だが、そのての義務感は年齢とともに薄らいでいくはず。ロッドは大人になったいまも親友のままだ。

数時間後、オーウェンはふたたび目を覚ました。今度は自然に目が覚めた。状況を理解できる程度には意識があるが、頭がくらくらして起きあがることができない。

ロッドの予告した熱と筋肉痛がいま猛烈な勢いで襲ってきている。汗びっしょりなのに体が震える。今後、ハーピーと関わるのは可能なかぎり避けよう。とりわけ、敵と結託しているやつとは――。オーウェンは心のなかで誓った。

会話する声が聞こえる。テレビの音かと思ったら、ひとりはロッドの声で、廊下から聞こえてくる。ロッドのあとを引き継ぐ人が来たのだろう。ケイティじゃないといいのだが。彼女には心配をかけたくないし、気を遣わせたくない。自分の人生にはすでに十分すぎるほど義務感から関わってくれる人たちがいる。その最たる例が養父母だ。

養父母はオーウェンを大切に育ててくれた。ひどい扱いを受けたことは一度もない。階段下の物置のなかで寝させられたことも、家事を強いられたこともない――子どもが通常言いつけられるいくつかの家の手伝いを除いて。必要なものはすべて与えられた。最高の学校へ行かせてもらい、最高の魔法のトレーニングを受けさせてもらった。それでも常に、彼らの行為は愛情からというより、それが仕事だからだという気がしてならなかった。そんなことはないと何度も自分に言い聞かせた。実際、自分が無事成長できたのはすべて彼らのおかげだ。でも、子どもがいなかったにもかかわらず、彼らは最後までオーウェンを正式な養子として迎えることはなく、自分たちの息子ではないことを常々態度で示していた。

会話の声が近づいてきて、もうひとりが女性であることがわかった。ロッドのデート相手？　いや、オーウェンの知らない人間はこの家に入れない――だれが連れてきたとしても。養母のグロリアのようにも聞こえるが、おそらく彼女のことを考えていたからだろう。

「熱は八時間以内に下がるはずです。下がらなかった場合は、治療師《ヒーラー》に連絡してください」ロッドが言った。

「包帯は？」女性が言った。

「今日一度かえる必要があります。必要なものはすべて袋に入っています」

「彼は大丈夫なのよね？」

「ええ、毒は致死量ではなかったという診断です。具合はかなり悪くなりますけどね。あと、解毒剤も一時的に症状を悪化させますから。でも、回復はずっとはやくなるはずです。じゃあ、ぼくはこれで行きますね。何か必要なものがあったらいつでも連絡してください」

だれかが顔にかかった髪をそっと払い、額に冷たい手のひらを置いた。ルーニーがシャーッと言ったが、そのまま動く気配はなかった。なんとか目を開けると、養母がソファーの横に座っているのが見えた。どうやら彼女のことを考えていたから声が聞こえたのではなく、声が聞こえたから彼女のことを考えたようだ。「グロリア？」養父母のことはファーストネームで呼ぶよう言われている。親子のふりをする必要はないというわけだ。「どうしてここに？」

「あなたの世話をするためよ。ロッドに電話をもらったの」いつもどおり素っ気ない口調だ。冷淡なわけではないが、特段温かみもない。

「わざわざ遠くから来てくれなくてもよかったのに、こんな時間……いや、何時かわからないけど」空は白んでいるが、まだそこまで明るくはない。十一月の早朝の寒々しい光だ。

「これも仕事のうちよ」グロリアはさらりと言った。彼女の口から出たのでなければ冗談として受け取れただろう。でも、グロリアは大真面目に言っている。

「十八になった時点で、ぼくはもうあなたの仕事ではなくなってるよ」

「あなたはこれからもずっとわたしの仕事よ」ほんの一瞬、グロリアの目に愛情のようなものが浮かび、ほんの少し声が詰まったように聞こえた。彼女と話しているときにこのてのことを感じるのは、これがはじめてではない。まるで、オーウェンを愛したいのに、愛情は弱さだとして自分に許さないようにすら見える。これも、オーウェンを育てたのは愛に基づく行為ではなく、任務だったと思いたくなる理由のひとつだ。でも、任務なら依頼者はだれ？　いや、やめておこう。こんなことを考えるのは熱のせいだ。

グロリアはコーヒーテーブルから解毒剤の瓶を取り、「薬の時間よ」と言って、鎮痛剤のカプセルとコップに移した解毒剤を順番に差し出した。鎮痛剤はありがたいが、解毒剤についてはあまりうれしくない。かえって具合が悪くなるように感じる。鎮痛剤はそれをほんの少し緩和するだけだ。「さあ、眠りなさい」グロリアは命じた。彼女に反論するのが意味のない行為であることは、長いつき合いのなかで学んだ。いずれにせよ、いまは議論する気分ではない。

ただ、オーウェンは眠らなかった。そのかわり、目を閉じて、刺すような肩の痛みや体のあちこちで感じる深部痛、ひどい悪寒にできるだけ注意を向けないよう努めながら、思考の漂うままに任せた。グロリアに、あるいは養父のジェイムズに最後に会ったのはいつだっただろう。ふたりはオーウェンが法律の定める成人年齢に達したあとも長期にわたって手を差し伸べ続けたが、そこに本物の家族のような親密さはなかった。その態度は徹底していたので、たまに彼らが義務以上のことをすると、逆に驚いた。いまがまさにそうだ。

オーウェンは飛び級によって二年早く高校を卒業した。そのため卒業時にはまだグロリアとジェイムズの後見下にあったが、彼らに高等教育費を払う義務はなかったので、働きながら大学に通うつもりで準備をしていた。ところが、ふたりはオーウェンをアイヴィーリーグの大学に入れ、学費を出した。入学後もオーウェンは十八歳になるまでにできるだけ多くの単位を取るべく努力した。後見人の責務が終了した時点で、彼らからの経済的支援はなくなると思ったからだ。養父母からの仕送りはできるかぎり貯金し、考案した魔術を大学の秘密結社（——という名目の魔法のトレーニングプログラムだ）のメンバーたちに売って生活費を稼いだ。さらに、あらゆる奨学金を申請し、自力で学業を終えるために備えた。

しかし、十八歳になったあとも彼らは学費を出した。そして、そのまま大学院を修了するまで支援は続いた。市販用の製品としてはじめて開発した魔術に対して多額の使用料が支払われたとき、オーウェンは彼らに学費を返済しようとしたが、ジェイムズはオーウェンに不動産仲介業者を紹介し、家の頭金に使うよう言った。教育費はあらかじめ提供されたものなので気兼ねはいらないというのだ。意味がわからない。両親がだれかもわからない孤児にまさか教育信託基金があるとも思えないし——。

養父母のことや彼らと自分との関係について理解しようとすることはずいぶん前に諦めた。ひとつ確かなのは、助けが必要なとき、彼らは常にそこにいるが、親らしい愛情を感じることはできないということ。学費は出してくれたが、学期中は、毎月なんの添え書きもなく送られてくる小遣いが、彼らとの唯一の接点だった。学期間の休みに家に帰ると、学業について詳しく質問され、よい成績を褒められ、次の学期はさらに上を目指すよう期待の言葉をかけられた。

大学院を卒業し、完全に自立すると、彼らとの接点はさらに減り、誕生日とクリスマスのプレゼントのやりとりぐらいになった。オーウェンは母の日と父の日にも必ずカードとプレゼントを送るようにしているが、そこには若干の皮肉も込められている。いまでもクリスマスには家に帰っていっしょにディナーを食べ、彼らの方もそれ以外に年に一度は特別な理由がなくてもオーウェンを夕食に誘う。マンハッタンで夜を過ごすときは泊まりにくるよう言ってあるが、少なくともこの三年、彼らがオーウェンの家に足を踏み入れたことはない。それでも一応、彼らのことは魔《ワ》法除《ード》けの対象から外してあるし、ふたりともかなり年なので二カ月に一度は電話をして様子をうかがうようにしている。グロリアからはごくたまに、フォーマルな便せんに書かれた短い手紙が送られてくる。

その一方で、ハドソン・ヴァレーの魔法使いコミュニティーにある彼らの大きな家には、オーウェンのかつての部屋がそのままの状態で残されていた。学業やスポーツ、魔法関連の活動で獲得したトロフィーやメダル、賞状はいまも誇らしげに部屋に飾られている。ただし、普通の家庭ではピアノの上や廊下の壁に並んでいるような家族写真や学校で撮った写真はいっさいない。子ども時代の成長の記録がスナップ写真やホームビデオに収められることはなかった。

「どうして来たの？」声に出ていたことに気づいたときには遅かった。

グロリアの冷たい手のひらがふたたび額に触れるのを感じた。「だれかに殺されかけてひどい状態だと聞いたからよ。それに、そういうときあなたが頼れる人はそれほど多くないでしょう？　さあ、黙って寝なさい」

手が額から離れる。数分後、あるいは数時間後かもしれない――時間の感覚がなくなっている――さらに冷たい何かが顔に触れた。グロリアが濡らした布巾でオーウェンの顔を拭いていた。思わず身震いする。動かせる方の腕をルーニーの下から抜いて、布巾をどけようとしながら、「寒いよ」と言った。歯がカチカチ鳴る。

「高熱のせいよ。汗をかいて熱を下げましょう。わたしの母はいつもそうしていたわ」グロリアはそう言うと、もう一枚毛布をかけた。それでも寒くてしかたなかったが、鎮痛剤が効いてきたのか、まもなくどうでもよくなった。

次に目を覚ましたとき、部屋は薄暗く、黄金色だった。夕方のようだ。グロリアはデスクの椅子をソファーの横にもってきて座っていた。体がだるくて力が入らない。オーウェンが目を覚ましたことに気づくと、グロリアはかすかにほほえんだ。

「いつまで眠り続けるのかと思ったわ。熱は一時間ほど前に下がった。気分はどう？」

「マラソンを走り終えた直後のような気分だよ」

「ある意味、そのとおりかもしれないわね」

ふと見ると、ルーニーがグロリアのひざの上で丸くなっている。「エサをやるのを忘れてた。可哀想に、きっと腹ぺこだ」

「大丈夫よ、やっておいたから。どうやらそれでわたしは彼女の新しい親友になったみたいね」グロリアがそう言うや否や、ルーニーは目を開け、体を起こした。そして、ソファーに飛び移ってオーウェンの頰をなめると、首と右肩の間にすっぽりと収まった。「でも、この先エサをくれるのがだれかということも、ちゃんとわかっているようね。あなたが猫を飼っているなんて知らなかったわ」

「言ってなかったっけ。一年くらい前に拾ったんだ。親猫が側溝で死んでいて。おそらく車に轢《ひ》かれたんだと思う。出産したばかりのような体つきだと思ったら、案の定、近くに生まれて間もない感じの子猫たちがいて、その後生き残ったのはルーニーだけだったんだ。しばらくは哺乳瓶《ほにゅうびん》でミルクをやって育てたよ」

「それは絆も強くなるわね。だけど、ルーニーという名前はどうなの？」

「本当はエリーンドっていうんだ」グロリアに由来の説明は必要ないだろう。子どものころウェールズの神話を読んでくれたのは彼女だ。「ロッドがルーニーと呼びはじめて、それが定着しちゃったんだよ」

グロリアはしばし黙ってオーウェンを見つめていたが、やがて言った。「ペットを飼うのはいいことだわ。孤独になりすぎるのを防いでくれる。子どものころは犬が好きだったわね。もっとはやく思いついて、犬を飼うよう勧めればよかったわ。でも結局、その必要はなかったわね。こういうことは自ずと然るべき形になるものなのよ」

「ああ、そうだね」

「さて、お腹も空いてきたんじゃない？」

「まずはシャワーを浴びるよ」体が汗でべたべたしている。

「じゃあ、浴びてらっしゃい。わたしは夕食の支度をするわ。この家にも何かしら食料はあるわよね？」

オーウェンはルーニーをどかして体を起こす。「うん、あるよ」

「シャワーはひとりで大丈夫？　手を貸すわよ？」

「大丈夫だよ」

「片腕しか使えないし、ふらついているわ。倒れて怪我をしたら大変よ。いまさら恥ずかしがらないでちょうだい。わたしは毎日あなたをお風呂に入れたんだから」

「それははるか昔のことでしょう？　ひとりで浴びれるよ」

「あまり時間をかけないでね。いつまでも出てこないようなら見にいくから。シャワーの前に包帯を外すのよ。あとで新しいのを巻くわ」

階段をのぼって二階にあがると、バスルームに行く前に、いったんベッドの端に腰をおろして休憩した。それから意を決して立ちあがり、バスルームに向かう。鏡の前に立つなり、皆がなぜこれほど心配するのかがわかった。血の気のない顔、目の下の濃いクマ、片目のまわりは黒くあざになっているうえ、顔じゅう傷だらけだ。肩の怪我にばかり注意がいって、ハーピーに襲われる前に受けた攻撃のことを忘れていた。なんとかトレーナーを脱いで包帯を外すと、怪我のひどさに思わず顔をしかめる。でも、確実に治りはじめてはいるようだ。

グロリアの警告が口先だけでないのはわかっている。オーウェンは急いでシャワーを浴び、下着とスウェットパンツだけはいた。上は新しい包帯を巻いてから着ることにして、タオルを肩にかける。無精ひげが人相を悪くしているが、剃るのは月曜の朝でいいだろう。

グロリアはキッチンにいた。火にかけた鍋をかき混ぜている。「ほらね、大丈夫だっただろう?」オーウェンは言った。

「座って」養母はキッチンテーブルの椅子を指さして言う。オーウェンは素直に従う。ルーニーもオーウェンの足もとに座った。グロリアは傷のチェックをし、小さく懸念の舌打ちをした。「運がよかったわね。一度ハーピーにつかまれたら、振りほどくのは至難の業よ」

「わかってる。同僚が助けてくれたんだ」

グロリアは傷に軟膏を塗り——最初は沁みたが、すぐにひんやりとした感覚に変わった——ガーゼをあてがって包帯を巻いた。そして、トレーナーを着るのを手伝い、腕を三角巾に戻すと、オーウェンの抗議を無視して、タオルでてきぱきと髪を拭きはじめた。「濡れたままでは風邪を引きます」

「引かないよ。濡れた髪と風邪はなんの関係もない。科学的にちゃんと証明されてるんだから」

グロリアは指で髪を梳きながら言う。「猛毒のかぎ爪で怪我を負ったばかりの人についての科学的検証はなされていないはずよ」母親的な仕草とは裏腹に、オーウェンと接するとき常にあるクールな距離感は保ったままだ。髪を梳《す》くその表情がほんの少し和らいだようにも見えたが、次の瞬間にはいつもの壁が現れ、グロリアはコンロの方へ戻った。

「何か手伝おうか」オーウェンは訊いた。

「片手しか使えないし、少し前まで高熱を出していたのよ。あなたはそこに座っていなさい」その口調には反論を許さない響きがあった。

オーウェンはテーブルの下からルーニーの小さなネズミのぬいぐるみを拾い、廊下に向かって投げる。ルーニーは飛ぶように追いかけていくと、それをくわえて戻ってきてオーウェンの足もとにぽとりと落とし、しっぽを振った。彼女を犬みたいだと言ったロッドは、案外正しいかもしれない。ひざをぽんとたたくと、ルーニーは飛び乗ってきて、腿の上に体を伸ばして横たわった。

グロリアがボウルをふたつテーブルに置いた。いったんコンロへ戻り、さらに皿を二枚もってくる。グロリアはトマトスープとグリルドチーズサンドイッチをつくっていた。オーウェンが子どものころ大好きだったメニューのひとつだ。思わず胸が熱くなる。「覚えてたんだ」

グロリアは目を合わさない。「ここにあるもので手早くつくれるのはこれぐらいだったのよ」

それは嘘だ。独身の男がひとりで暮らすこの家のキッチンにはインスタント食品のストックがたっぷりある。でも、グロリアがそう言うなら、そういうことにしておこう。

食事が始まって少しすると、グロリアが言った。「仕事はどう？　今回殺されそうになったこととは別にして」

「まあ、順調だよ。ここしばらく特別プロジェクトに関わってて……」

「知ってるわ」

「そうなの？」どうして？　グロリアもジェイムズもＭＳＩで働いたことはないはず。ただ、ふたりとも魔法界では知られた人物だから、一般の人たちより耳に入る情報が多いのかもしれない。「とにかく、それでずっと忙しくて、たぶんこの先もしばらく忙しいと思う」

「新しいＣＥＯはどう？」

「いい人だよ」

「いい人？　まさかそれだけの理由であのような人物を呼び戻したわけではないで

しょう?」

「もちろん、言うまでもなくすごい人だよ。この時代にもとてもうまく順応しているし。でも、彼があんなに優しい人だとは思わなかったな。ぼくに対してもまるで久しぶりに会った孫のように接してくれることがある」

養母の顔に表れた感情をどう解釈すればよいかわからなかった。グロリアはうつむいてスプーンに取ったスープに息を吹きかける。何が彼女の気に障ったのか考えながら、オーウェンはしばし黙って食べた。自分はオーウェンに愛情を示すことができなくても、ほかの人がそうするのは面白くないということだろうか。それとも、マーリンに可愛がられることが嫌なのだろうか。

グロリアはまもなく気を取り直したように朗らかな口調で言った。「そういえば、あらたに免疫者《イミューン》が見つかったそうね」

「噂が広まるのはあっという間《ま》だな。うん、そうだよ。ケイティというんだ。いまはミスター・マーヴィンのアシスタントをしてる」

「どんな人?」

オーウェンは平静を装って言う。「いい子だよ、なんていうか、親しみやすい感じで。でも、すごく頭もよくて、常識があって、しっかりしてる。実は、ぼくの命を救ってくれたのは彼女なんだ。彼女がハーピーを追い払ってくれて……」頰と耳が熱い。きっとこのスープと同じような色になっているに違いない。

「どうして免疫者《イミューン》にそんなことができたの？」

「抜群のコントロールで石を投げたんだ。ハーピーは覆い《ヴエール》をまとっていたから、見えるのは彼女だけだった」

「なかなか大したお嬢さんのようね」

そんな言い方ではとても足りない。でも、これ以上何か言えばよけいなことが伝わってしまう。かわりに、サンドイッチの最後の小さなひとかけをルーニーにやった。グロリアはテーブルを片づけはじめる。彼女が皿を洗うのをただ見ているのは気が咎めたが、いまの自分ではほとんど役に立たないことはわかっている。グロリアなら、ほんのふたこと三ことつぶやいて軽く指を鳴らせば、流し台いっぱいの皿でも一瞬にして片づけられるのに、彼女は家事には決して魔法を使わない。オーウエンが家ではめったに魔法を使わないのは、おそらくそんな養母を見て育ったからだろう。

「イドリスを止められると思う？」フライパンを洗いながら、グロリアは訊いた。

「ひとりでは無理だろうね。でも、最終的にはこちらが勝つと思う。というか、勝たないとね」

「彼は本気であなたを殺そうとしたのかしら」

「わからない。彼は常にぼくを嫌っていた。学生のときからね。おまけに、彼を解雇したのはぼくだ。でも、復讐心に狂ってぼくをねらっているわけではない気がする。いずれにせよ、最終的には彼とぼくとの対決になると思うけど」背筋に寒気が走り、オーウェンは確実にそうなることを悟った。残念ながら、その結果については見えない。瞬《まばた》きしてそのヴィジョンを振り払い、顔をあげると、グロリアがこちらを見つめていた。

「そうなのね」グロリアはつぶやくように言い、オーウェンは彼女が気づいたことを悟った。養母はボウルを手に取り、布巾で拭きはじめる。「寝室へ行きなさい。もうソファーで寝てはだめよ。ここの片づけが済んだら、上へ行って手伝うから」

「ひとりでできるよ。それより、もう帰っていいよ。明日までいてくれなくても大丈夫だから。自分の面倒を見るのはけっこう上手いんだ。これまでもずっとそうしてきたし」オーウェンはそう言って、階段に向かって歩き出す。

「オーウェン」グロリアが険しい口調で言った。オーウェンは振り返って彼女を見る。「なぜこうしなければならなかったのか、なぜわたしたちがこんなふうなのか、いつかわかるときがくるわ」グロリアはそう言ってから、頭を振る。「いいえ、理解する必要のないままの方がいいわね。でも、知っておいてほしいのは、わたしたちは決して冷酷でいようとしたわけじゃないの。ただ、あなたとわたしたち、皆にとって、いちばんよいことをしようとしただけ」グロリアの表情が和らぐ。ごくまれにガードが下りたとき彼女はそういう顔を見せることがあるが、今回はいつもよりほんの少し長く続いた。「あなたはわたしたちの誇りよ」グロリアはささやくようにそう言うと、ボウルを棚に戻すためにくるりと背を向けた。

オーウェンはしばし言葉が出なかった。長い間《ま》を経て、ようやく言った。「やっぱり、これから帰るのはもう遅いね。暗くなってから電車に乗ってほしくないし、ジェイムズが遅い時間に駅まで迎えにくるのもよくない。今夜はゲストルームに泊まったらいいよ」

グロリアは背中を向けたまま皿を拭いている。「少ししたら、様子を見にいくわ」

オーウェンは黙ってうなずき、自分の脚をたたいてルーニーについてくるよう合図すると、階段へ向かった。ベッドはさぞかし寝やすいだろう。動くのが億劫だったとはいえ、あんなに長くソファーで寝るべきではなかった。丸一日以上寝ていたにもかかわらず、依然としてひどく疲れている。しかし、ベッドに入ってもすぐには寝つけなかった。ひとつには、寝心地のいい体勢が見つからなかったというのもある。怪我のせいでいつもの寝方ができない。ルーニーはしばらく別の枕の上にいたが、やがてオーウェンが落ち着くと、体に寄りかかって丸くなった。

部屋にだれかがいるのを感じたとき、オーウェンはまだ完全に眠りに落ちてはいなかった。グロリアはゆっくり動いているが、まったく音を立てないわけではない。オーウェンは目を閉じて眠っているふりをした。いまはグロリアと話をする気分ではない——さっきのような会話になるのなら。グロリアはオーウェンの額に手を当てて熱をチェックした。そして、頬にそっとキスをする。「わたしの大切な子」消え入るような声でそうつぶやくと、毛布の位置を直し、部屋を出ていった。覚えているかぎり、グロリアにキスをされるのは、ごく幼かったころ以来だ。

翌朝、オーウェンは卵とベーコンのにおいで目が覚めた。二階にいてこれほどは

っきりにおいがするのはちょっと不自然だが、おそらくグロリア流のさりげないモーニングコールなのだろう。時計を見て、十二時間近く寝ていたことに気づいた。まだ完全に回復したとは言えないが、昨夜よりははるかに気分がいい。

ルーニーはすでにいなくなっていた。おそらく食べ物のにおいに引かれて下の階へ行ったのだろう。トレーナーのまま寝たので、着がえずに、使える方の手で髪を軽く整えながら階段を下りる。

グロリアは完璧に身支度を整えてコンロの前に立っていた。ルーニーがその足もとにいる。養父母の家に暮らしているとき、朝、グロリアがパジャマやバスローブでいるのを見たことは一度たりともない。どんなに朝早くても、常にきちんとした服装で、化粧も髪のセットも完璧に済ませていた。「いつまで寝ているのかと思ったわ」オーウェンがキッチンに入っていくと、グロリアは言った。

ルーニーが駆け寄ってきた。オーウェンはしゃがんで首の後ろを撫でてやる。

「相当疲れてたんだな。でも、だいぶすっきりしたよ」

「しっかり朝食を食べればさらに元気になるわ」グロリアはスクランブルエッグとベーコンとトーストを皿にのせ、テーブルに置いた。皿の横にはすでにグラスに入ったオレンジジュースが置いてある。

「なんだか甘やかされてるな」

「わたしは朝食のあと帰るから、ここまでよ。さあ、食べなさい」

グロリアはフライパンを洗いはじめる。オーウェンは自分がどれほど空腹だったかに驚いた。「これ、すごく美味しいよ。ありがとう」食べながら言う。

「飢え死にさせるわけにはいきませんからね。しっかり栄養をとってもらわないと」グロリアはいつものビジネスライクな態度に戻っている。母親的な心配からではなく、あくまで現実的な必要性に基づいて行動しているという感じだ。グロリアはフライパンを水切りカゴに置くと、タオルで手を拭いた。「もう心配なさそうだから、わたしはこれで帰るとするわ」

「タクシー呼ぼうか?」

「いいえ、駅まで歩くからけっこうよ」

オーウェンは立ちあがり、玄関までいっしょに行く。ドアの前にはすでに一泊分の荷物の入った鞄が置いてあった。「来てくれてありがとう、グロリア」オーウェンはそう言うと、思わず一歩前に踏み出し、片腕でぎこちなく抱擁した。グロリアの肩は驚くほど華奢だった。自分の方が背が高いことにはいまだに違和感があるが、あらためて彼女が年老いてきていることを実感した。グロリアもジェイムズもオーウェンを引き取ったときにはすでに仕事を引退していたから、もうかなり高齢のはず。常に一定の距離があるとはいえ、ふたりはこの世で家族と呼べる唯一の存在だ。彼らがいなければ、頼りにできるのはほんの数人の同僚だけ。ああ、そして、ケイティがいる——オーウェンは自分に言い聞かせる。そう、自分は決してひとりなわけではない。

意外にも、グロリアは腕にかすかに力を入れて抱擁を返した。体を離すと、その顔にはうっすら笑みが浮かんでいた。「しっかり養生してちょうだい。また看病しにこちらへ来ることになっては困りますからね」グロリアはそう言うと、まじめな表情になって続ける。「とにかく、十分に気をつけて。次はこの程度ですむとはかぎらないわ。いまは物騒な時代よ。そして、あなたはその中心にいる」

「ああ、わかってる。帰り、気をつけてね」

グロリアはうなずくと、鞄をもってドアを開け、振り返ることなく去っていった。

養父母との関係は常にわかりにくいものだったが、いまや途方もなく複雑になったように思えた。ただ、少なくとも、グロリアのなかにオーウェンに対して義務以上のなんらかの感情があるらしいことはわかった。

朝食の皿を流し台に置き、ルーニーにエサと水がちゃんとあることを確認してから、リビングルームへ行く。片手をさっとひるがえすと暖炉に火が灯った。体力と魔力が戻ってきていることに安堵する。片手しか使えないと読書はしづらいので、テレビで古い映画を見ることにした。ソファーに寝そべると、ルーニーが胸の上に乗ってきて満足そうに横たわった。

午後遅くロッドがやってきた。「だいぶ人間らしい顔になったな。グロリアとはどうだった?」

「いつもどおりだよ」事情を知るロッドにはそれだけで十分意味が通じる。それに、オーウェン自身、ロッドに話せるほど具体的に何が変わったのか——何かが変わったのだとして——わからなかった。「昨夜のデートはどうだった?」

ロッドはひじ掛け椅子に腰をおろす。「悪くなかったよ。今朝のもね」

オーウェンは頭を振る。「それでよくルーニーを犬呼ばわりするよな。ケイティには手を出すなよ」

「は？」

「社内の女性たちを次々落としてるのは知ってる。彼女をリストに加えるなってことだ」

「おまえが目をつけたからか？」

「ケイティは友達だからだよ。傷ついてほしくない」

「心配するな。彼女にはめくらまし《イリュージョン》が効かないの、知ってるだろ？」ロッドは言った。もう長いことロッドの素顔を見ていないので、いま目にしているのが本物ではないということをつい忘れがちになる。「万一おれがその気になっても、きっと相当難航するよ」

「だったらいいけど」

「ポップコーン食べるか？」この話はそれで終わった。ちゃんと肝に銘じてくれたのならいいのだが——。親友を殴るようなことになるのはごめんだ。たしかに、ケイティとのことは焦らないと決めた。でも、だからといって、ロッドがほかのデート相手と同じように彼女を扱うのを黙って見ているつもりはない。

ロッドはもうひとつデートがあると言って、夕食前に出ていった。オーウェンは残っていたピザを温めて食べ、早めにベッドに入った。翌朝、顔の状態はいまひとつだが、体調はほぼ回復していた。ひげを剃ると、見た目も少しましになったが、依然として顔は傷だらけで、血色もあまりよくない。

着がえを済ませ、コートを着ようとして、ハーピーにずたずたにされたことを思い出した。ところが、クロゼットにかかっていたコートは、血の染みがきれいに消え、破れた肩ももと通りになっていた。グロリアがやってくれたのだろう。オーウェンは思わずほほえみながら、怪我をしていない方の腕だけ袖に通し、もう一方は肩にかけた。自分には一般的な意味での母親はいないかもしれないが、グロリアがいる。そう思うと、自然に笑みが漏れた。

家を出るのがいつもより遅くなったが、まだ走れる状態ではない。今日にかぎって、ケイティの居場所についてはっきりとしたイメージが浮かばない。先にひとりで会社に行った可能性もあるが、今朝はとりわけ彼女に会いたかった。

通りの角まで行くと、いつもオーウェンがケイティを待つ木の下に彼女がいるのが見えた。こちらに気づくと、ケイティはにっこり笑って近づいてきた。その笑顔を見たとたん、体から残りの毒と痛みがすべて消えた気がした。

ケイティはオーウェンをまじまじと見ると、顔をしかめる。「ひどい顔ね」

「それはどうも。でも、体調はだいぶいいんだ」

「これでだいぶいいなら、この週末は相当ひどかったのね。電話をくれれば看病しにいったのに」

オーウェンは怪我をしていない方の肩をすくめる。「基本的にずっと寝てただけだから、その必要はなかったよ」

「今日も休んだ方がよかったんじゃない?」

「治療師《ヒーラー》たちが状態を見たいそうなんだ。チェックが終わったら帰ると思う」

「よかった。それなら強権を発動しなくてすむわね」

「強権?」

「ボスはけっこうわたしの意見を聞いてくれるの。わたしがひとこと言えば、あなたには即刻、帰宅命令が下るわ」

「なるほど、覚えておくよ」

地下鉄の駅に向かって歩き出す。「それ、あの日着てたコートじゃない?」ケイティが訊いた。

「ああ、そうだよ。修理した。うちの家庭用魔術ではけっこう人気の商品なんだ」

「へえ、すごい。便利な魔術ね。ストッキング用にそういう魔術はないの?」

「ストッキング用はないなあ。費用対効果が低すぎる。新しいのを買った方が安いよ」

「わたしの予算ではそうとも言えないわ。それと、わたしがストッキングを伝線させる頻度でもね」

「そうか、じゃあちょっと検討してみる」

ケイティは笑った。目がきらきらしている。「冗談よ。でも、ありがとう。優しいのね」

どうやら今日は一日オフィスにいることになりそうだ。重要なプロジェクトがあらたにできた。ケイティを笑顔にすることは、家に帰って休むよりずっと治療効果が高い。

訳者あとがき

〈㈱魔法製作所〉シリーズが惜しまれつつ幕を閉じてから二年あまり、読者の皆さんに素敵なプレゼントが届きました。シリーズのスピンオフともいえる短編集です。主人公ケイティの語りで展開した本編とは趣《おもむき》を異にし、ここに収められた四つの作品では、オーウェン、ロッド、サムら、おなじみの登場人物たちの視点からシリーズの世界が描かれます。

ケイティと出会うずっと前の、学生時代のオーウェンとロッドが登場する「スペリング・テスト」。オーウェンはまだティーンエイジャー、ロッドも二十歳そこそこといったところ。内気な天才少年オーウェンと、お調子者だけれど根はいいやつで、何よりオーウェンのいちばんの理解者であるロッドの青春のひとこまが描かれますが、読者の知っている彼らの関係性はすでにできあがっていて、ふたりの友情の歴史をちょっとのぞき見するような楽しい作品です。ちなみに、ロッドはこのころからもう例のめくらまし《イリュージョン》をまとっていたのですね。

続く「街を真っ赤に」は、バイプレイヤーのなかでも特にファンの多いサムが語り手となり、MSI警備部長としての日常を描いたハードボイルドな一編。クラシックな探偵小説を彷彿《ほうふつ》とさせる粋《いき》な台詞《せりふ》がたくさんちりばめられていて、サムのかっこよさ全開です。

同じくサムの語りで綴られる「犯罪の魔法」は、一作目『ニューヨークの魔法使い』の冒頭より数週間前の、シリーズのプロローグのような作品。オーウェンの人生についにケイティという必要不可欠な存在が加わります。オーウェンとケイティの物語の幕開けを告げるようなロッドの最後の台詞には、訳者も思わず拍手を送りたくなりました。

そして、オーウェンと養母グロリアのぎこちない心の触れあいを描いた表題作「魔法使いの失われた週末」は、『ニューヨークの魔法使い』のエンディング直後のエピソード。ふたりの関係は、その後、ケイティの登場によって大きく進展するのですが、このころはまだ互いに思いやりながらも相手の心のうちをこわごわ探るようなデリケートなものでした。この作品ではまた、ケイティの視点からでは読み取りきれなかった、ケイティと出会った当初のオーウェンのある〝悟り〟についても知ることができます。

これらの作品は、まずサムを語り手とする短編二編「街を真っ赤に」と「犯罪の魔法」が本国アメリカで電子書籍として発表され、続いて「スペリング・テスト」が著者のニュースレターで配信されました。さらに、日本オリジナルの短編集を編むため、スウェンドソン氏にもう一編提供してほしいとお願いしたところ、快諾してくれ、送られてきたのが、「魔法使いの失われた週末」でした。この表題作は、著者の前書きにもあるように、長らくハードディスクのなかに眠っていた幻の作品です。本短編集を出版するにあたり、加筆修正したうえで、めでたくお披露目されることになりました。

いずれのエピソードにも本編で展開するその後の物語につながる種のような要素がそこかしこにあって、シリーズのファンにとってはそれを見つけるのも一興でしょう。ロス気味だった訳者自身も、一ファンとして、大好きなＭＳＩチームの面々とのこれまでとはちょっと違う形での再会を大いに楽しみました。

イラスト　松本圭以子

検印
廃止

訳者紹介 キャロル大学（米国）卒業。主な訳書に、スウェンドソン〈㈱魔法製作所シリーズ〉〈フェアリーテイル・シリーズ〉、スタフォード『すべてがちょうどよいところ』、マイケルズ『猫へ…』、ル・ゲレ『匂いの魔力』などがある。

㈱魔法製作所
魔法使いの失われた週末

2022年2月10日　初版

著　者　シャンナ・スウェンドソン
訳　者　今《いま》　泉《いずみ》　敦《あつ》　子《こ》

発行所　（株）東京創元社
代表者　渋谷健太郎

162-0814/東京都新宿区新小川町1-5
電　話　03・3268・8231-営業部
03・3268・8204-編集部
URL　http://www.tsogen.co.jp
DTP　工友会印刷
理想社・本間製本

乱丁・落丁本は、ご面倒ですが小社までご送付ください。送料小社負担にてお取替えいたします。

ISBN978-4-488-50314-7　C0197